前言

　　錯別字是錯字和別字的總稱，可以說是學生學習當中的常見病、疑難病。本書彙編了學生易寫錯、混用的字詞，進行釋義、造句和辨析，並配以相關練習，希望學生通過閱讀與練習，少寫錯別字，不寫錯別字。

　　全書共分四冊，可供小一至初中學生使用。

　　為幫助學生辨別，本書按錯別字的特點，分為音近錯別字、形近錯別字和部件易錯字三部分，每一組字詞都並列出正誤寫法：

　　標有 ✓ 號者，是正確的寫法；

　　標有 ✗ 號者，是錯誤的寫法。

　　兩種書寫形式都標 ✓ 號者表示兩種都對，但意思卻各不相同，需要在運用時多加留意。

　　每組收入的字詞均附有詳細的解說，內容包括釋義、辨析和例句，並配以豐富多樣的練習題，以幫助學生分辨易錯字詞，加深印象。

　　每冊書後附兩份綜合練習及答案，以便學生瞭解自己對易錯字詞的掌握情況。

　　希望通過本書的閱讀與練習，使學生瞭解字的正誤和致誤原因，從根本上避免出現錯別字，提高正確使用中文的能力。

目錄

形近錯別字

部件易錯字

工程 ☑   公程 ☒

釋義：「工程」指關於製造、建築、發電等有計劃的工作進程。

辨析：「工」常指工人及具體的工作和生產活動，如：「開工」、「做工」、「工程」。

「公」一般與國家、大眾有關，如：「公物」、「公民」。

例句：1. 城市燈光的改造工程得到了全體市民的支持。

2. 這些數學公式他掌握得很好，所以做題能運用自如。

功能 ☑   工能 ☒
功夫 ☑   工夫 ☑

釋義：「功能」指功用效能。

「功夫」指武功、本領，也可指時間、精力。

「工夫」指做某件事情的時間、精力。

練功夫

花工夫

辨析：「功」是會意字，「工」加「力」合起來表示用力從事工作，本義指功勞、功績，在「功能」一詞中表示有用的、有功效的作用。

「工」一般指生產勞作。

「工夫」和「功夫」均可指時間、精力，但若指武功、本領，就必須寫作「功夫」。

例句：1. 最新推出的這款手機在功能上沒有多大的改進。

2. 志偉在學習上肯下苦功，難怪成績這麼優異。

3. 中國少林寺的功夫世界聞名，每年都有不少遊客慕名前往。

4. 叔叔只花了幾天的工夫，就學會了開車。

一 根據下面的詞語提示，填出正確的字。

工　功　公

1. ☐作　　2. ☐勞　　3. ☐廠

4. ☐整　　5. ☐司　　6. ☐能

7. ☐正　　8. ☐具　　9. ☐程

10. 做手☐　　11. 辦☐室　　12. ☐務員

13. 建☐立業　14. 葉☐好龍　15. ☐私分明

填一填

二 在括號內填上適當的字，完成下面的句子。

1. 這件（　　）藝品小巧精緻，造型獨特，真令人愛不釋手。

2. 我們要有（　　）德心，不能任意破壞環境，要保持個人和環境的衛生。

3. 他是一位大（　　）無私的法官，所以深得人們的讚許。

4. 志偉在英語這門（　　）課上下了不少苦（　　），所以成績突飛猛進。

蠟像 ☑　　臘像 ☒

燒臘 ☑　　燒蠟 ☒

燒臘味道香

蠟燭怎能吃？

釋義：「蠟像」指用蠟塑成的人或物的像。

「燒臘」是將肉類醃製，再用火烘烤的肉製食品。

辨析：「蠟」是動、植物等分泌的油質，因與動物有關，所以寫作「虫」字旁，如：「蠟燭」、「蠟筆」（用顏料和蠟混合後製成的筆）。

「臘」本指古代陰曆十二月的一種祭祀，所以十二月又稱為「臘月」，後來人們把冬天（多在臘月）醃製的肉也稱為「臘」或「臘肉」。

例句：1. 我們來到蠟像館參觀，裏面的人物蠟像無不栩栩如生，令人讚歎。

2. 這家老牌的港式燒臘店獨具特色，吸引了很多顧客。

汽水 ☑　　氣水 ☒

水蒸氣 ☑　　水蒸汽 ☒

釋義：「水蒸氣」指水受熱變成的氣體。

「汽水」是將碳酸氣溶於水中，再加糖和果汁製成的飲料。

辨析：「汽」從「氵」，表示帶有水分，由液體或固體加熱後變成的氣體，也特指水蒸氣，因此不可再寫作「水蒸汽」。

「氣」是沒有水分的，一般指氣體、空氣，如：「天氣」、「氣流」等。我們喝的汽水往往既有氣又有水，所以稱為「汽水」。

例句：1. 學校便利店裏的汽水在夏天總是賣得特別快。

2. 浴室裏彌漫着一層厚厚的水蒸氣。

填一填

一 給下面的「蜀」加上偏旁後，組成新字，完成詞語。

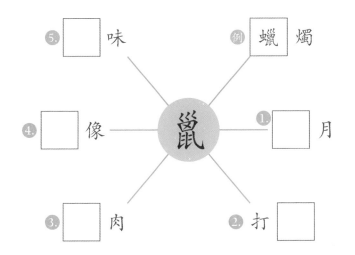

5. ☐ 味

例 蠟 燭

4. ☐ 像

蜀

1. ☐ 月

3. ☐ 肉

2. 打 ☐

走迷宮

二 下面的迷宮沿着正確的詞語方向，就能找到出口了。

空	汽	憤	汽
氣	味	氣	體
油	氣	水	氣
氣	氛	車	汽
派	天	氣	蒸

入口 ➡ （左側第二行）

出口 ➡ （右側第四行）

捕魚 ✓   捕漁 ✗

釋義：「捕魚」指捕捉魚類。

辨析：「漁」從「水」，本義指捕魚，如：「漁民」，指的就是捕魚的人。因此「捕魚」不可寫作「捕漁」。

例句：1. 政府規定在休漁期禁止出海捕魚。

2. 漁民們每天天還沒亮就出海了。

計劃 ✓   計畫 ✗

釋義：事先擬定行動安排。

辨析：「劃」讀作粵音「或」時，表示設計、想辦法，如：「計劃」、「策劃」。

「畫」用筆或類似筆的東西作出圖形、標記，如：「畫人像」、「畫線」等；同時也指畫成的藝術品，如：「年畫」、「油畫」等。

例句：1. 梵高的油畫世界聞名。

2. 這個假期，建業和朋友們計劃去爬太平山。

划船 ✓   劃船 ✗

釋義：划動船槳使船行動。

辨析：「划」從「戈」，意思是撥水前進，如：「划龍舟」等。

「劃」，指用刀或其他東西把物體分開，或從物體上面擦過，如：「劃分」、「劃了一道口子」、「劃火柴」等。也可指計謀，如：「計劃」。

例句：1. 划龍舟比賽是端午節紀念古代偉大的詩人屈原的習俗。

2. 幸好小刀劃的傷口不深，做些簡單的包紮就好了。

一 下面的字分別加上甚麼部首就變成另一個字了呢？試將
它們與相應的部件連起來。

1. 魚　　2. 畫　　3. 分　　4. 辰　　5. 反

A. 辶　　B. 日　　C. 氵　　D. 刂　　E. 亻

二 選出適當的字，填在句中的圓圈內。

 漁　　 魚　　 划　　 劃　　 畫

1. 這週末的郊遊活動是去湖邊捕 ◯ ，老師交代<u>建
   業</u>回去記得要準備好 ◯ 網。

2. 雖然這幅壁 ◯ 只是用簡單的線條 ◯ 成的，
   但是非常有名。

3. 端午節，我們一家人來到<u>城
   門河</u>觀看 ◯ 龍舟比賽。

4. 妹妹的胳膊不小心被榴槤的
   尖刺 ◯ 傷了。

11

姿勢 ☑   資勢 ☒

釋義：身體動作所做出的樣子。

辨析：「姿」從「女」，指人的面貌、樣子，如：「姿勢」、「姿態」、「舞姿」。

「資」從「貝」，表示與財富有關，如：「資金」、「資本」等，後引申指人的出身、能力和經歷，如：「資歷」、「資格」、「天資」。

例句：1. 哥哥敬禮的姿勢非常標準，一看就是經過訓練的。

2. 我們賴以生存的土地和水，都是不可再生的資源。

示範 ☑   示范 ☒

釋義：「示範」指提供方法和樣式，供人們學習。

辨析：「範」本義是指用模子澆鑄，引申為樣式、規範，如：「模範」、「規範」等。「范」一般只用作人的姓氏。

例句：1. 體育課上，老師給我們示範了廣播體操的具體動作。

2. 范仲淹是北宋著名的文學家。

儘管 ☑   盡管 ☒
盡力 ☑   儘力 ☒

釋義：「儘管」：① 不加限制，隨意去做。② 即使、雖然。

「盡力」指用盡全部的力量。

辨析：表示放開、最大限度的意思時，寫作「儘」；如：「儘管」、「儘量」等。

表示完成、全部或用完的意思，寫作「盡」；如：「無窮無盡」、「盡頭」、「盡力」。

例句：1. 儘管球隊輸了這場比賽，球迷們都不會責怪他們。

2. 在這場比賽中，隊員們已經盡力了。

一 將下面的字用線連起來，使組成詞語。

1.

投●　　　　　●態
舞●　●姿●　●金
身●　●資●　●勢
物●　　　　　●源

2.

窮●　　　　　●量
詳●　●盡●　●快
無●　●儘●　●力
用●　　　　　●管

二 在句中的方格內填上適當的字。

1. 不到一年的時間，<u>家駿</u>已成了全校的模 ☐ 生。

2. 碧綠的草地上點綴着朵朵野花，一眼望不到 ☐ 頭。

3. <u>子文</u>長舒了一口氣，☐ 量讓自己的心情平靜下來，不那麼慌張。

4. 自從有了網路，人們瞭解各方面的 ☐ 訊就變得十分方便和快捷。

5. 看着舞台上扮演小天鵝的演員們優美的舞 ☐ ，我多麼希望能成為她們當中的一員啊！

度假 ✓　　　渡假 ✗

釋義：利用節假日外出休閒。

辨析：「度」指時間上過了一段，如：「度過春節」、「度過假期」等。

「渡」指空間上過了一段距離，如：「渡過大河」等。

例句：1. 子晴在外婆的老家度過了一個美好的假期。

2. 每年爸媽都要準備很多美味的食物歡度春節，我們可開心了！

導致 ✓　　　導至 ✗

釋義：「導致」指促成、引起。

辨析：「致」指發給、給予，如：「致電」；也指招引，如：「致使」；「致」還有樣子、興趣的意思，如：「興致」。

「至」指到達，如：「從古至今」；「至」還表示最，如：「至親」、「至少」。

例句：1. 暴風雨的到來致使城市大面積停電。

2. 這次講座將探尋從古至今的繪畫藝術。

精緻 ✓　　　精致 ✗

釋義：「精緻」指優美細緻。

辨析：「緻」從「糸」，本义指細密的絲帛，引申指精細、細密，以及美好的意思。如：「精緻」、「細緻」。

因此，當表示細密、美好之意時，寫作「緻」，其餘寫作「致」。

例句：1. 姊姊的裙子上縫了一道道精緻的花邊。

2. 不健康的生活習慣，導致他的身體變得越來越虛弱。

一 選擇恰當的字，填在詞語的方格內。

1. 度　渡

A. 速 ☐　　B. ☐ 假　C. 程 ☐　　D. ☐ 船

E. 溫 ☐　　F. ☐ 口　G. 深 ☐　　H. 輪 ☐

2. 至　致　緻

A. 一 ☐　　B. 精 ☐　　C. 景 ☐　　D. ☐ 於

E. 導 ☐　　F. 甚 ☐　　G. 細 ☐　　H. ☐ 詞

G. 無微不 ☐　　H. 興 ☐ 勃勃　I. 專心 ☐ 志

二 選擇上題中恰當的詞語，填在下面句子的橫線上。

1. 這座海邊小城風景優美，氣候宜人，非常適合人們前來 ＿＿＿＿＿＿。

2. 開學第一天，同學們都 ＿＿＿＿＿＿ 地講起了自己的假期見聞。

3. 櫥窗裏的陳列的工藝品不僅花色多樣，而且十分 ＿＿＿＿＿＿，令人忍不住多看幾眼。

4. 往日的 ＿＿＿＿＿＿ 如今已經被海底隧道取代，成了川流不息的繁華道路。

迅速 ☑　　　訊速 ☒

釋義：指速度很快。

辨析：「迅」從「辶」，與行走有關，
形容速度很快；如：「迅速」、
「迅猛」。

「訊」從「言」，指問話、消息；
如：「通訊」、「訊息」。

例句：1. 網路的出現，迅速改變了人們的生活、工作方式。

2. 現代通訊技術能使我們與千里之外的親人通話聯繫。

重複 ☑　　　重覆 ☒

釋義：指相同的東西又出現一次，或又一次做相同的事情。

辨析：「複」指再一次，也可形容繁多，如：「重複」、「複雜」。

「覆」的意思較廣，可以指蓋住，如：「覆蓋」；或指翻個
底朝天，如：「天翻地覆」；還可比喻滅亡，如：「覆滅」。

例句：1. 老師把話重複了一遍，好讓大家聽清楚並且記住。

2. 山上被密密的草木覆蓋着，哪裏看得見小路呢？

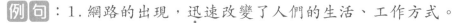

守則 ☑　　　手則 ☒
手冊 ☑　　　守冊 ☒

釋義：「守則」指共同遵守的規則。

「手冊」指小巧的，便於手拿的書或小本子。

辨析：「守則」講的是需要共同遵守的規則，所以寫作「守」。

「手」可以形容小巧而便於手拿的，如：「手冊」。

例句：1. 到一個新的景點遊玩，要先瞭解那裏的安全守則。

2. 我們在遊客中心挑選了幾本旅遊手冊。

想一想

一 下面哪些部件可以與「 」字組成新的漢字，選擇恰當的
部件，將新字填在橫線上。

亻　扌　礻　月　辶　覀　金　彳　木

_____

填一填

二 從上面的字中選出恰當的填在方格內。

1.

錯綜 — □ — 雜

（重 ／ □ ／ 習）

2.

翻來 — □ — 去

（答 ／ □ ／ 蓋）

識字歌謠

三 在下面歌謠的方格內填入適當的漢字。

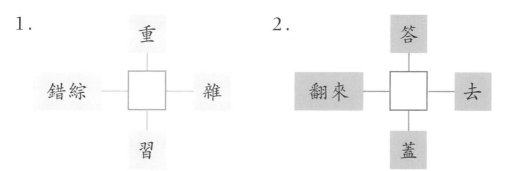

學生□則要遵□，

學生□冊常看看。

網絡通信真□速，

朋友之間常通□。

迅　訊　手　守

短促 ☑️   短速 ❌

釋義：「短促」指時間很短。

辨析：「促」指時間短，如：「急促」；「短促」不但形容時間短，而且緊迫。

「速」指動作快，如：「高速」、「快速」、「慢速」等。

例句：1. 劇烈運動之後，<u>靜儀</u>的呼吸變得更加急促。

2. 搶答環節，需要快速判斷並做出回答。

搗亂 ☑️   倒亂 ❌

釋義：進行破壞、擾亂或存心跟人找麻煩。

辨析：「搗」是撞擊、砸壞、擾亂的意思，如：「搗蛋」、「搗鬼」。

「倒」則是指人或物體橫躺下來，如：「跌倒」、「摔倒」，也指垮台、失敗，如：「倒閉」、「倒台」。

例句：1. 弟弟在家裏搗亂，把積木扔得到處都是。

2. 我想知道到底是誰在背地裏搗鬼。

欄杆 ☑️   欄竿 ❌

釋義：「欄杆」指用竹木或金屬條編成的柵欄。

辨析：「杆」從「木」，指長長的像棒子一樣的東西，如：「電線杆」。可用作量詞，形容有杆的東西。如：「一杆槍」。

「竿」從「竹」，指竹子的主干，如：「竹竿」；也特指釣魚竿。

例句：1. 電線杆上的小鳥放開了歌喉，唧唧喳喳地唱起了歌。

2. 他長得跟竹竿一樣瘦，所以大家總是叫他「瘦皮猴」，不叫他的名字。

選出適當的字，填在句中的圓圈內。

杆　　　　竿　　　　速

促　　　　搗　　　　倒

1. 旗〇下是綠草如茵的廣場，有幾個足球場那麼大。

2. 這條魚太重了，竟然把魚〇一下子拉斷了。

3. 汽車很快駛上了高〇公路，開始加快〇度，向另一座城市飛馳而去。

4. 歡樂的時光總是非常短〇，令人戀戀不忘。

5. 田野裏傳來一陣陣布穀鳥的叫聲，好像在催〇人們快快去田裏播種。

6. 「不給糖果就〇亂！」孩子們快活地敲開鄰居的房門，高聲討要糖果。

交代 ☑   交帶 ☒

釋義：「交代」指解釋說明，或吩咐；也指坦白錯誤或罪行。

辨析：「代」作動詞時，指替代、更換，如：「代替」、「代課」。
「帶」從「巾」，本義指窄而長的條狀物，如：「領帶」；
「帶」也指隨身拿着，如：「帶着錢」；「帶」還有引導的意
思，如：「帶頭」。

例句：1.老師交代我們假期在家要記得完成作業。
2.因為曉麗生病了，所以曉梅代替她參加比賽。

糊塗 ☑   胡塗 ☒
胡說 ☑   糊說 ☒

釋義：「糊塗」指混亂、不清楚。
「胡說」指隨意的，沒有根據的
亂說。

他們胡人說話都是一派胡說！

辨析：「糊」從「米」，本義指濃稠的
粥，因為粥有黏性，可以用來
黏貼東西，所以又有了黏貼的
意思，如：「用紙糊牆」；以及
不清楚、不明白的意思，如：「糊塗」、「迷糊」。

「胡」，在古代指北邊或西北部的少數民族，在中原人看
來，他們比較落後，行事說話較為隨便，於是又有了任
意、隨便的意思，如：「胡說」、「胡鬧」、「胡言亂語」等。

例句：1.美玲不喜歡數學，一看到數學問題就變糊塗了。
2.他的話只是一派胡說罷了，不能當真。
3.子明的眼睛近視了，看黑板上的字都是模模糊糊的。

在正確詞語前的 ☐ 內加 ✓。

1. <u>家文</u>生病了，沒有來上學，老師（☐ 交代 ☐ 交帶）由<u>子明</u>（☐ 代替 ☐ 帶替）他值日。

2. 這些親手製作的賀卡，（☐ 代表 ☐ 帶表）了同學們的心願，希望能給老師（☐ 代來 ☐ 帶來）幸福和快樂。

3. 在迅猛發展的高科技的（☐ 代動 ☐ 帶動）下，機械人逐漸（☐ 取代 ☐ 取帶）人力進行各項勞動和操作。

4. 調皮的弟弟拿着畫筆在牆上（☐ 胡亂 ☐ 糊亂）畫了一些圖案，把雪白的牆壁弄得（☐ 一塌胡塗 ☐ 一塌糊塗）

5. 那個醉漢喝多了酒，腦子已經（☐ 胡塗 ☐ 糊塗）了，一個人在大街上（☐ 胡言亂語 ☐ 糊言亂語）。

6. 他睜開眼睛，只見眼前一片（☐ 模胡 ☐ 模糊），忍不住（☐ 胡思亂想 ☐ 糊思亂想）起來，越想越覺得不對勁。

莫名其妙 ☑ 莫名奇妙 ☒ 莫明其妙 ☒

釋義：形容事情或現象使人無法理解，不能以言語表達出來。

辨析：「其」是第三人稱代詞，相當於他（她）、他們（她們）、牠（牠們）。「莫名其妙」指說不出它的妙處，這裏的「其」指它的，不是奇怪的妙處，所以不能寫作「莫名奇妙」。

「明」有知道、瞭解的意思，「莫名其妙」的「名」指說出、表達，不是知道的意思，所以不能寫作「莫明其妙」。

例句：1. 美兒被媽媽生氣的樣子弄得莫名其妙。

2. 這棵樹和其他的樹不一樣，長得有些奇怪。

恍然大悟 ☑ 晃然大悟 ☒

釋義：心裏忽然明白。

辨析：「恍」，從「心」，表示突然、猛然的意思，如：「恍然大悟」；還有彷彿、好像的意思，如：「恍如隔世」（彷彿隔了一個世代）。

「晃」，從「日」，表示明亮，如「明晃晃」，「晃」也可用於形容很快地閃過，如：「一晃而過」。

例句：1. 這道數學題經老師講解，我才恍然大悟。

2. 這首兒歌輕快有趣，弟弟搖頭晃腦地跟着唱起來。

穿衣戴帽 ☑ 穿衣帶帽 ☒

釋義：把衣服穿上，把帽子戴在頭上。

辨析：「戴」指頭頂着，也指把東西放在頭、面、手、胸等處；如：「戴帽子」、「戴眼鏡」、「戴手錶」等。

「帶」從「巾」，本義是指腰帶或長布條，後來引申為隨身拿着，如：「帶行李」。

例句：1. 為了參加今晚的酒宴，美欣戴了一條珍珠項鏈。

2. 他帶的行李太多，車子都裝不下了。

填一填

一 下列物品應該用「戴」或「帶」哪個動詞，在 ☐ 內填上相應的漢字。

1. ☐ 項鏈　　　　2. ☐ 藥箱

3. ☐ 衣服　　　　4. ☐ 手錶

想一想

二 在下面句中的括號內填上適當的文字。

1. 弟弟背書的時候故意搖頭（　　　）腦，好像古時候的教書先生一樣，樣子好笑極了。

2. 這時，我才（　　　）然大悟，原來是爸爸一直在暗中幫助我。

3. 火車飛快地向前，車窗外的景物來不及看清楚，便一（　　　）而過了。

4. 秋天到了，領頭雁（　　　）領羣雁排成一字往南方飛去。

5. 看着這一個個充滿（　　　）思妙想的設計作品，大家都讚歎不已。

6. 家華莫（　　　）其妙被哥哥教訓了一頓，心裏很不服氣。

7. 見到崇拜的體育（　　　）星走到自己面前，志明興奮得說不出話來。

阻攔 ☑　　　阻欄 ☒

釋義：阻止、攔住。

辨析：「攔」從「手」，表示阻擋的意思，多作動詞，如：「阻攔」、「攔路」。

「欄」從「木」，表示遮擋、圍住的東西，如：「欄杆」、「牛欄」，引申為書刊報紙劃分的版面，如：「廣告欄」、「專欄」等。多用作名詞。

例句：1.對方球員還沒有來得及阻攔，便被家明運球衝了過去。
2.那匹黑色的駿馬躍過柵欄，向遠處跑去。

繁忙 ☑　　　煩忙 ☒

釋義：「繁忙」指事情很多，沒有空閒。

辨析：「繁」從「糸」，指多；也指興盛，如：「繁華」；「繁」還指生物增生新個體，如：「繁殖」。

「煩」從「火」，指內心不暢快，如：「煩躁」，引申為厭倦，討厭，如：「煩人」、「麻煩」。

例句：1.香港是全世界最繁忙的城市之一。
2.蒼蠅不時地在我身邊飛來飛去，真煩人。

倒映 ☑　　　倒影 ☑

釋義：「倒映」指事物反映在水中或鏡子中，是動詞。
「倒影」指映照在水中，倒立的影子，是名詞。

辨析：「映」從「日」，指照射，或光線照到物體上反射回來，如：「倒映」、「映照」等。

「影」從「彡」，「彡」表示與花紋、圖案有關，「影」指擋住光線而形成的黑色圖案。

例句：1.女孩的身影倒映在水中，美麗動人。
2.她看着自己水中的倒影，陷入了沉思。

在下列句子正確詞語前的 □ 內加 ✓。

1. 數學一直是<u>子明</u>學習上的 (□ 欄路虎　□ 攔路虎)。

2. 學校走廊上的 (□ 佈告欄　□ 佈告攔) 內貼出了獲獎名單。

3. 媽媽工作 (□ 繁忙　□ 煩忙)，你一直打擾她真的很 (□ 繁人　□ 煩人)。

4. 這裏的水果種類 (□ 繁多　□ 煩多)，(□ 麻繁　□ 麻煩) 你詳細地介紹一下。

5. 窗外 (□ 繁華　□ 煩華) 的街景無法讓人 (□ 繁躁　□ 煩躁) 的心情平靜下來。

6. 橋上的一盞盞彩燈 (□ 倒影　□ 倒映) 在平靜的湖面上，上下輝映，好看極了。

7. 平靜的湖面在湛藍的天空下，(□ 影照　□ 映照) 出遠山的 (□ 倒影　□ 倒映)。

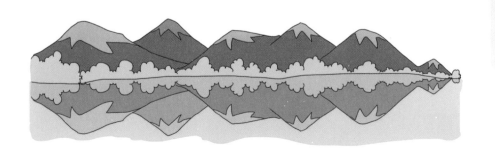

關鍵 ☑   關健 ☒

釋義：「關鍵」本指鎖門的門栓，引申為事物的重要部分。

辨析：「鍵」在古代指裝在車軸兩端，使車輪不致於脫離的鐵棍，所以從「金」。因為重要，引申指事物重要的部分。

「健」表示強有力，多用於形容人強壯、身體好，或精力旺盛；如：「健康」、「健壯」。

例句：1. 學習除了老師的幫助，關鍵還是靠自己。

2. 良好的生活習慣是身體健康的重要保證。

模型 ☑   模形 ☒

釋義：「模型」指仿造實物的原形做的樣品。

辨析：「型」從「土」，本義指用泥土作成的模具，引申為模式、式樣；如：「類型」、「髮型」、「血型」。

「形」從「彡」，「彡」表示與花紋、色彩有關，因此「形」指樣子、外觀；如：「外形」、「圓形」。

例句：1. 天文館裏展覽了許多飛機模型。

2. 課堂上，老師給我們展示了香港的地形圖。

影響 ☑   影嚮 ☒
嚮往 ☑   響往 ☒

釋義：「影響」本指影子與回聲，指一方以間接或無形的方式來引起另一方發生變化或行動。

「嚮往」指因喜愛、羨慕而希望實現或到達。

辨析：「嚮」從「向」，指朝着，面對着，如：「相嚮」；也指引導，如：「嚮導」。

「響」從「音」，表示與聲音有關，如：「反響」、「響聲」。

例句：1. 夜深了，請把電視音量調小，以免影響鄰居休息。

2. 到偏遠地方旅行時需要一個好的嚮導。

一 在下面的表格內填入恰當的漢字。

			志
	反		2.
影	1.	深	遠
	熱		大
	烈		
欣	欣	3.	榮

辨一辨

二 辨別下面的漢字，將適當的答案填在 □ 內。

1. 建　健　鍵

A. □ 設　　　B. □ 身　　　C. □ 盤

D. □ 康　　　E. □ 造　　　F. 關 □

2. 形　型

A. 外 □　　B. □ 勢　C. 弧 □　　D. 新 □

E. 模 □　　F. □ 式　G. 造 □　　H. 變 □

I. 奇 □ 怪狀　J. 飛機模 □　　K. 巨 □ 恐龍

27

猶如 ☑ 尤如 ☒

釋義：「猶如」指好像、如同。

辨析：「猶」在詞中是相似，好像的意思，此外如：「雖死猶生」，意思指雖然死了卻如同在生一樣。

「尤」指更加，格外，如：「尤其」、「尤為重要」（格外重要的意思）。

例句：1. 山上雲霧繚繞，猶如仙境一般。

2. 春雨密密斜斜的飄在空中，猶如籠罩了一層薄霧。

3. 這家餐廳的菜都很好吃，尤其是這道紅燒獅子頭。

事跡 ☑ 事蹟 ☒

釋義：「事跡」指個人或團體曾經做過的事情。

辨析：「跡」本指走路留下的印記，如：「足跡」，後來泛指事物留下的印記，如：「痕跡」、「筆跡」等。

「蹟」特指前人留下來的事物或事情，多指建築、文物而言。如：「古蹟」、「遺蹟」。

例句：1. 他捨己救人的事跡感動了許多人。

2. 秀美的山川，眾多的名勝古蹟，吸引了無數遊客前來。

車廂 ☑ 車箱 ☒

釋義：「車廂」指車輛上用來載乘客或裝貨物的部分。

辨析：「廂」從「广」，「广」多表示與房屋有關，「廂」指正房前面兩側的房屋，如：「東廂」，也指分隔開像房間一樣的地方，如：「包廂」、「車廂」。

「箱」指放衣服等的長方形的器具，通常是上面有蓋扣住，如：「皮箱」；「箱」也指像箱子的東西，如：「冰箱」。

例句：1. 深夜，地鐵車廂裏的乘客很少。

2. 出門要帶的東西我都已經放進行李箱了。

填一填

選出適當的字，填在句中的方格內。

 猶 　　 尤

1. 平靜的湖面 ☐ 如一面碩大的銀鏡倒映着藍藍的天空。

2. 訂正試卷一定要仔細， ☐ 其是老師批改過的地方。

 跡 　　 蹟

3. 暑假，爸爸帶我到<u>羅馬</u>遊覽了那裏的名勝古 ☐ 。

4. 罪犯在作案現場沒有留下一點痕 ☐ ，給警方破案增加了難度。

 廂 　　 箱

5. 交通高峯時期，地鐵車 ☐ 內擠滿了上下班的市民。

6. 樂隊指揮拉着一個大大的行李 ☐ ，走進了劇場的一個包 ☐ 。

郵筒 ☑　　　郵桶 ☒

釋義：「郵筒」指郵局在路旁設立供人投信的筒子。

辨析：「筒」從「竹」，指粗大的竹管，引申為中間是空的而且比較高的器物，如：「筆筒」、「郵筒」。

「桶」從「木」，指盛水或其他东西的器具，深度較大，用金屬、木材或塑料等製成，如：「水桶」、「冰桶」。

例句：1. <u>嘉儀</u>，你的小貓筆筒真好看！

2. 聽到這個壞消息，<u>志文</u>如同頭上被澆了一桶冷水。

朗誦 ☑　　　朗頌 ☒

釋義：高聲誦讀詩文。

辨析：「誦」指背誦、朗讀，對象多指詩詞歌賦，如：「誦讀古詩」、「背誦」等。

「頌」有稱讚、歌頌的意思，如：「歌頌」、「頌揚」等。

例句：1. 今天的班會課上，老師為我們朗誦了一首古詩。

2. <u>謝婉雯</u>醫生捨己救人的高尚情操，為人們讚頌不已。

建議 ☑　　　見議 ☒

釋義：向集體或上司提出自己的主意。

辨析：「建」除了有建設、建築的含義之外，還含有提出的意思。「建議」就是提出意見。

「見」的意思是看見，如：「見多識廣」、「看見」。

例句：1. 哥哥向老師建議組織全班同學舉行露營活動。

2. 叔叔一向見多識廣，連這種罕見的植物都認識。

填一填

選出適當的字，填在句中的 ◯ 內。

建　　　　見　　　　筒
　　桶　　　　誦　　　　頌

1. 你把要寄的信件投入郵 ◯ 就可以了。

2. 週五下午班級打掃衞生，同學們有的拎 ◯ 打水掃地，有的擦抹課桌椅，很快把教室打掃得乾乾淨淨。

3. 古往今來，不知有多少作者歌 ◯ 過蜜蜂這一勤勞的昆蟲。

4. 語文課上，老師為我們朗 ◯ 了幾首讚 ◯ 母愛的詩歌。

5. 想不到大家會對我的這條 ◯ 議提出反對意 ◯ 。

31

忍耐 ✓　　忍奈 ✗

釋義：「忍耐」指忍受住，不發作。

辨析：「耐」從「而」，指忍受得住，經受得起，如：「忍耐」、「耐用」、「吃苦耐勞」。

「奈」從「大」，指如何，怎樣，如：「奈何」、「無可奈何」。

例句：1. 勤勞儉樸、吃苦耐勞是中國人的傳統美德。

2. 面對突如其來的暴風雪，登山隊無可奈何，只好下山。

配合 ✓　　佩合 ✗

釋義：「配合」指為共同的任務分工合作，協調一致地行動。

辨析：「配」有相互分工合作的意思，如：「配合」。

「佩」指掛在身上，如：「佩飾」；也有服貼而尊敬的意思，如：「佩服」。

例句：1. 兩位雜技演員配合得天衣無縫，真令人佩服。

2. 我很佩服哥哥的膽量，坐過山車、蹦極，沒有他不敢的。

貢獻 ✓　　供獻 ✓

釋義：「貢獻」指拿出物資、力量或經驗等獻給國家或公眾。

「供獻」指供奉、呈獻供品。

辨析：「貢」從「貝」，指獻東西給上司或國家、公眾。

「供」意思為敬奉，敬奉的對象一般是鬼神。用來祭祀的物品稱為「供品」，擺供品的桌子稱為「供桌」，端上供品稱為「上供」或「供獻」。「供獻」的對象一般是神、鬼，對於活人，只能使用「貢獻」，不可用「供獻」。

例句：1. 我們應該為社會發展貢獻自己的一份力量。

2. 人們來到寺廟裏供獻祭品，以求神明開恩。

填一填

一 選出適當的字，填在句中的方格內。

1. 他攤開雙手，表示自己也很無 ⬚ 。

2. 每個人的忍 ⬚ 都是有限的。

3. 魯班先師廟是香港唯一一所 ⬚ 奉「百匠之師」
—— 魯班的廟宇。

4. 居里夫人在科學事業上做出了傑出的 ⬚ 獻。

5. 在古代，地方官員每年都要向朝廷進 ⬚ 當地特
產和珍奇異寶。

二 根據提示，在方格內填入恰當的字。

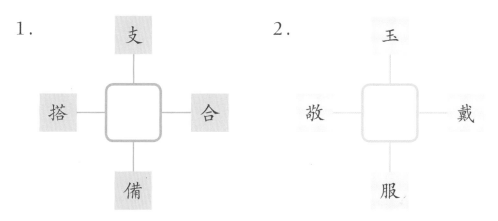

三心兩意 ✓　　三心兩義 ✗

釋義：形容猶豫不決、意志不堅定。

辨析：一般來說，涉及字、詞、句所包含的意義，多用「義」，如：「字義」、「詞義」。

「意」更多指人的內心想法，如：「意思」、「意見」。

例句：1. 爸爸說開車的時候一定不能三心兩意，否則非常危險。

2. 你的意見我們會認真考慮的。

流連忘返 ✓　　留連忘返 ✗

釋義：貪戀、沉迷於遊樂而忘了回去，常形容對美好景致或事物的留戀。

辨析：「流」從「水」，指液體流動，如：「流水」，引申為像水一樣流動不定，如：「流浪」；也指傳播，如：「流行」。

「留」從「田」，指停止在某一處地方不離開，如：「停留」；也指注意力放在上面，如：「留心」。

例句：1. 美麗的維園花展令我們流連忘返。

2. 吉普賽人喜歡流浪，他們從不在一個地方停留太久。

一鼓作氣 ✓　　一股作氣 ✗

釋義：「一鼓作氣」指趁着初起時的勇氣把事情做好做完。

辨析：「一鼓」指第一次擊鼓。古代打仗正式作戰前都會擊鼓，擊第一通鼓會鼓舞士氣，士兵們的勇氣最足；到擊第二次鼓時，勇氣有些衰落；到第三通鼓時，勇氣便全部消失了。所以「一鼓作氣」指的就是趁第一次擊鼓時鼓起的勇氣去做，而不是指憑一股勇氣去做。

例句：1. 我們不管做任何事都要一鼓作氣，不要打退堂鼓。

2. 逢年過節的時候街上總會敲鑼打鼓，很是熱鬧。

3. 在院子裏可以聞到一股桂花的香味。

走迷宮

一 下面的迷宮沿着正確的詞語方向，就能找到出口了。

故	義	流	學
思	留	神	留
意	保	鼓	返
流	頭	舞	忘
心	河	流	連

入口 ➡ （意）... （返） ➡ 出口

辨一辨

二 在正確詞語前的 □ 內加 ✓。

1. 姊姊換了一件又一件衣服，還是拿不定 (□ 主義 □ 主意) 穿哪件去參加畢業晚會。

2. 這次 (□ 意演 □ 義演) 活動 (□ 出乎意料 □ 出乎義料) 地得到了很多人的支持。

3. 我們應當遵循自己的 (□ 意願 □ 義願)，好好履行自己的 (□ 意務 □ 義務)。

完好無缺 ☑   原好無缺 ☒

釋義：指完完整整，沒有欠缺。

辨析：「完」是完全、完整、完滿的「完」，如：「完整」、「完好」、「完美」等。

「原」指原來的，本來的，如：「原文」、「原作」。

例句：1. 這些古代字畫歷經千年，依然完好無缺。

2. 媽媽的病雖然好了一些，但要完全復原，恐怕還需要一段時間。

不計其數 ☑   不記其數 ☒

釋義：「不計其數」指數目眾多，無法估算。

辨析：「不計其數」中的「計」指的是計算的意思，沒辦法計算出數量，而不是去記住有多少數量，所以不能寫作「記」。

例句：1. 宇宙的星球不計其數，地球只是其中一個。

2. 這次旅行的經歷將變成一次美好的記憶。

身臨其境 ☑   身臨其景 ☒

釋義：親自到達那地方。

辨析：「境」從「土」，指疆界、邊界，如：「國境」；引申為地方、地區，如：「環境」。

「景」從「日」，本義指太陽光，引申指陽光照射下的環境風光，如：「景色」、「景物」、「風景」；後泛指情況、狀況，如：「情景」。

例句：1. 這篇遊記寫得十分生動形象，讓人看了有身臨其境的感覺。

2. 優美的風景能讓人心情愉悦。

3. 這個度假村環境優美，景色宜人。

動腦筋

一 你能根據下面的成語，填入恰當的漢字「景」與「境」嗎？

1.	好		不	常
2.	身	臨	其	
3.		色	怡	人
4.	恍	如	夢	
5.	觸		生	情
6.	學	無	止	

辨一辨

二 根據下面的圖意，寫出正確的漢字。

1.

◯ 算器

2.

筆 ◯ 本

3.

溫度 ◯

改錯

三 下面的書名各有一個錯字，將它圈出來，並改正。

1.
海底王國
歷險計

◯

2.
古代
三十六記

◯

3.

愛麗絲
夢遊仙景

◯

37

摩擦 ✓　　摩刷 ✗

釋義：「摩擦」指物體間互相接觸並來回移動，引申為人與人之間產生爭執或衝突。

辨析：「擦」和「刷」用作動詞，都有清除髒東西的意思，只不過「刷」所用的工具是刷子，如：「刷牙」、「洗刷」；而「擦」所用的工具一般是布或毛巾之類的東西，如：「擦玻璃」、「擦汗」。

你「刷」我「擦」，各有辦法。

例句：1. 工人把汽油塗到機器上以減少摩擦。

2. 兩國之間發生的摩擦終於導致了一場戰爭。

3. 我們要養成早晚刷牙的好習慣。

創造 ✓　　創做 ✗

釋義：「創造」指首先想出或做出前所未有的事物。

辨析：「造」從「辶」，指製作，如：「造紙」；也指憑空編出來，如：「造謠」；「造」還有培養的意思，如：「深造」。

「做」從「人」，指進行工作或活動，如：「做事」，多指具體的事務。

例句：1. 人們努力用勤勞和智慧創造更加美好的未來。

2. 他因為做事認真被老闆賞識，所以得到了出國深造的機會。

3. 人造衛星和太空探測船使人類得以進入太空，探索宇宙的奧祕。

想一想

一 我們在生活中，說到以下事情的時候，一般說「擦」還是「刷」字呢？試在方格內填出答案。

1. ☐ 玻璃　2. ☐ 牙　　3. ☐ 澡　　4. ☐ 卡

5. ☐ 油漆　6. ☐ 汗　　7. ☐ 黑板　8. ☐ 皮鞋

填一填

二 選出適當的字，填在句中的 ⬡ 內。

 造 ◆ 做

1. 西方的神話故事認為是上帝創 ⬡ 了萬物，東方也有類似的故事，例如<u>盤古</u>開天闢地，<u>女媧</u>黏土 ⬡ 人。

2. 無論 ⬡ 甚麼事情都應該認真的對待，否則還不如不 ⬡ 。

3. 溫泉池建 ⬡ 在半山腰，設計精巧，雖然 ⬡ 價不高，但仍然很快便成為當地的名勝。

4. <u>中國</u>的瓷器不僅品種繁多複雜，而且 ⬡ 型別致，⬡ 工精美，自古以來深受人們喜愛。

參與 ☑ 參予 ☒

釋義：參加（做某事）。

辨析：「與」含義較廣，除表示和、跟的意思，如：「我與他」、「與眾不同」，還可表示給的意思，如：「與人方便」。「與」也可表示參加，如：「參與」。

「予」則主要表示給的意思，如：「給予」、「授予」，「予」的對象一般指物，如：「給予幫助」、「授予勳章」等。

例句：1. 你有時間參與我們這次的活動嗎？

2. 這位作家以其傑出的文學成就被授予<u>諾貝爾文學獎</u>。

地震 ☑ 地振 ☒

釋義：指由地球內部的變動所引起的地殼震動。

辨析：「震」從「雨」，本義指雷，由於打雷會引起天地強烈顫動，所以出現如：「地震」、「震盪」等詞；後來泛指引起強烈顫動，如：「震顫」、「震撼」；也引申指人的情緒激動，如：「震驚」、「震怒」等。

「振」從「手」，指搬動，揮動，如：「振翅高飛」；後引申指奮起，興起，如：「振作」。

例句：1. 這項新的考古發現震驚世界。

2. 樹上的小鳥聽到響聲後振翅高飛。

遙控 ☑ 搖控 ☒

釋義：「遙控」指利用無線電或其他方式進行的遠距離控制。

辨析：「遙」從「辶」，意思是指遠，如：「遙遠」。

「搖」從「手」，表示動作，擺動、晃動。「遙控」是指從遠的地方控制，而不是擺動控制，所以不能寫作「搖控」。

例句：1. 你能幫我把電視機的遙控器拿過來嗎？

2. 這條路坑坑窪窪，汽車行駛在上面有些搖晃。

選出適當的字，填在句中的 ☁ 內。

1. 爸爸答應在我生日的時候送我一架 ☁ 控飛機。

2. 遊艇在風浪中劇烈地 ☁ 晃着，乘客們嚇得心驚膽戰。

3. 這位醫學家以其在醫學上傑出的貢獻，被授 ☁ 諾貝爾醫學獎。

4. 經歷過戰亂的人會更渴望和平 ☁ 自由。

5. 國家領導人到地 ☁ 災區進行慰問，鼓勵民眾 ☁ 作起來重建家園。

6. 他的講話 ☁ 奮人心，使大家都很受 ☁ 動。

搏鬥 ✓　　博鬥 ✗

脈搏 ✓　　脈博 ✗

釋義：「搏鬥」指徒手或用器械激烈對打。

「脈搏」指心臟收縮時，由於輸出血液的衝擊引起的動脈的搏動。

辨析：「搏」從「手」，表示與動作有關，本義指撲打，如：「搏鬥」；也可指跳動，如：「脈搏」。

「博」從「十」，「十」作部首表示多、大量。「博」指廣大，如：「博學」（學識廣）、「博士」。「博」作動詞，有換取的意思，如：「博取同情」、「博取信任」。

例句：1.兩名摔跤運動員正在進行激烈的搏鬥。

2.中醫是通過診斷脈搏來判斷病人的身體狀況。

3.狐狸裝出一幅可憐的樣子，來博取動物們的同情。

咧嘴而笑 ✓　　裂嘴而笑 ✗

釋義：張開嘴巴笑。

辨析：「咧」從「口」，指嘴唇張開，嘴角向兩邊伸展，如：「咧着嘴笑」、「把嘴一咧」。

「裂」指破而分開，如：「分裂」、「破裂」、「裂開」。

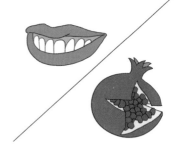

凡是東西裂開後可以恢復原狀的，用「咧」；

凡是東西裂開後不能恢復原狀的，用「裂」。

張開的嘴巴在笑完之後，可以自動恢復原狀，所以應該用「咧」。如果是「裂嘴而笑」，嘴巴破裂了，不但笑不出來，而且要去醫院看醫生了。

例句：1.媽媽一逗小寶寶，小寶寶就開心地咧着嘴笑。

2.這堵牆壁裂開了一道小縫。

走迷宮

一　下面的迷宮沿着正確的詞語方向，就能找到出口了。

入口 ➡

搏	擊	螢	博
學	博	火	淵
問	鬥	蟲	搏
取	開	裂	士
裂	博	脈	裂
破	取	咧	嘴

➡ 出口

動腦筋

二　下面的字能與「博」字組合成四字詞語，看看你能寫出幾個？

學
覽　　輋
才　地　大
　書　多
　物

43

頭昏腦脹 ✓　　頭昏腦漲 ✗

釋義：形容頭腦發昏發脹。

辨析：一般來說，「漲」的方向是由下而上，單向地進行，如：「漲價」、「水漲船高」；而「脹」則是向着四面八方。

「頭昏腦脹」的感覺，是整個腦袋像向着四面八方發脹似的，所以應該用「脹」。

例句：1. 小明在烈日下站了幾個小時，被曬得頭昏腦脹。

2. 今天我一起牀，就覺得頭昏腦脹，媽媽說我是感冒了。

篇章 ✓　　編章 ✗

釋義：泛指詩篇、文章。

辨析：「篇」和「編」都可指書本的一部分，但「篇」的範圍小。「篇」指一篇文章或書中的某一篇章，「編」則指整本書或某一部分。此外，「篇」不能用作動詞，「編」則可以。

例句：1. 前人為我們留下了無數關於思鄉情懷的動人篇章。

2. 媽媽實在想不出甚麼故事講給孩子聽，只好現編現講。

承擔 ✓　　乘擔 ✗

釋義：承受擔負。

辨析：「承」，甲骨文寫作 ，上面像跪着的人，下面像兩隻手，合起來表示人被雙手捧着或接着；本義指捧着在下面接受，托着。如：「承重」、「承受」。引申出擔當、繼續的意思，如：「承擔」、「承當」、「繼承」、「承前啟後」。

「乘」，甲骨文寫作 ，表示人爬在樹上。本義指登，升，如：「乘車」，引申指趁着，就着，如：「乘機」（趁着機會）。

例句：1. 家明自告奮勇地承擔了佈置壁報板的任務。

2. 小偷見車上人多擁擠，想乘機扒竊，結果被車長發現。

44

看下面的的氣球哪些能組成詞語，適當的塗上你喜歡的顏色。

1.
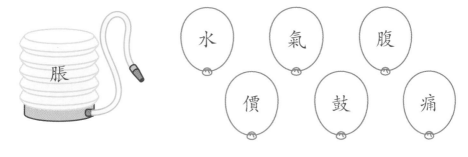

2.
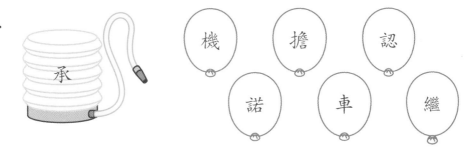

3.
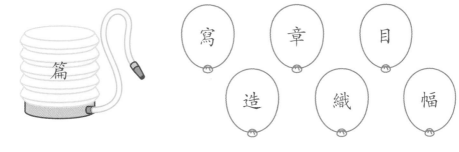

4.
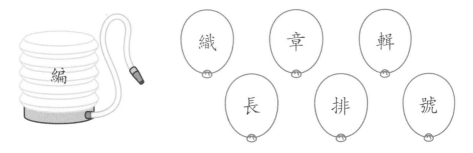

過分 ☑　　過份 ☒

釋義：「過分」指說話、做事超過了一定的限度。

辨析：「分」指職責、權利等的限度，如：「本分」、「分內」等。「份」從「亻」，指整體裏的一部分，如：「份額」、「切成三份」等。也可作為量詞使用，如：「一份報紙」。

例句：1. 你這麼無緣無故地責怪子軒，未免太過分了！
2. 一張正方形的紙片對摺兩次可以平均分成四份。

星辰 ☑　　星晨 ☒

釋義：「星辰」是星星的統一叫法，如：「日月星辰」。

辨析：日、月、星在廣義上都可以稱為「辰」，古代把一晝夜分為十二時辰；如：「時辰」，後來引申指日子，如：「生辰」。

「晨」從「日」，指太陽出來的時候，如：「早晨」、「晨光」。

例句：1. 隨着科技的進步，人們對星辰的認識不斷提高。
2. 小教堂裏有一扇精美的窗戶，晨光從中直射而入。

勉強 ☑　　免強 ☒

釋義：「勉強」指牽強、不自然，也指強迫別人做不願意做的事。

辨析：「勉」從「力」，指強迫人去做事，如：「勉強」；也指勤奮、努力，如：「勉勵」、「勤勉」。

「免」則指除掉、去掉，沒有勸人努力的意思；如：「免除」、「免去」。

例句：1. 他既然不願參加，我們何必要勉強他去？
2. 爸爸寫了這句格言勉勵我們努力學習。

動腦筋

一「辰」和「分」可以分別和下面的部件組成哪些字呢？在方格內寫出來。

填一填

二 選出正確的漢字，填在句中的括號內。

> 分　份　辰　晨　免　勉

1. 今天是這位老科學家的百歲誕（　　），人們給他舉行了盛大的生日宴會。

2. 五彩的霓虹燈陸續點亮，將城市的街道打扮得（　　）外美麗。

3. 爸爸交代哥哥，重要的資料在電腦裏一定要記得備（　　），以免遺失。

4. 潔白的紀念碑在（　　）光中顯得十分莊嚴肅穆。

5. 姊姊看書正看得津津有味，媽媽叫她睡覺，她這才（　　）強把書放下。

6. 老師交代我們，上台演出之前要把服裝道具準備好，（　　）得到時候手忙腳亂。

校對 ☑   較對 ☒

釋義：指根據原稿考查、訂正錯誤。

辨析：「校」除了指學校以外，還有訂正的意思，如：「校正」、「校對」。

「較」表示比較、較量的意思，跟校對沒有關係，不可寫作「較對」。

例句：1. 媽媽正在燈下認真地校對即將出版的書稿。

2. 蜜蜂們在花上飛來飛去，好像在比較哪一朵花更好。

狡猾 ☑   狡滑 ☒

釋義：「狡猾」指奸詐不誠實。

辨析：「滑」與「猾」都可形容人的品質，「滑」常指多佔便宜，少負責任的行為，惡劣程度較輕，如：「圓滑」、「油腔滑調」、「滑頭」；「猾」則指奸詐，惡劣程度較重。

例句：1. 人們常用狡猾來形容狐狸。

2. 那人喜歡耍滑頭，你可要小心一點，不要被他騙了。

黃連 ☑   黃蓮 ☒

釋義：「黃連」是一種草本植物，根莖味苦，可用作中藥。

辨析：「黃連」雖然是植物，但「連」字並不寫作「蓮」。「蓮」專指荷花，黃連的根莖都是黃色的，而且上面有珠狀連結，因而取名「黃連」。不要因為黃連是植物，就給「連」字加上「艸」。

例句：1. 黃連是一味很苦的中藥。

2. 放眼望去，遠處的大海水天相連，一望無際。

動腦筋

一 將下面的「交」、「骨」各加上部件後組成新字,填在方格內,完成詞語。

1.
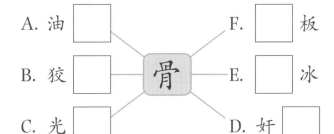

A. 比 ☐　　　　F. ☐ 對

B. ☐ 正　　交　　E. ☐ 量

C. 計 ☐　　　　D. ☐ 改

2.

A. 油 ☐　　　　F. ☐ 板

B. 狡 ☐　　骨　　E. ☐ 冰

C. 光 ☐　　　　D. 奸 ☐

填一填

二 選擇適當的字,填在下面的詩句或諺語的 ⌒ 內。

1. 接天  葉無窮碧,映日荷花別樣紅。

2. 啞子吃黃 ⌒ ,有苦自己知。

連

3. 烽火 ⌒ 三月,家書抵萬金。

蓮

4. 江南可採 ⌒ , ⌒ 葉何田田。

49

違反 ✅　　違返 ❌

釋義：「違反」指違背、不合。

辨析：「返」和「反」都有回轉過來的意思，但「返」指時間、空間上的回轉，如：「返老還童」、「一去不返」；而「反」多指抽象意念上的回轉，如：「反思」、「反省」。

例句：1. 因為違反了學校的規定，所以阿光受到了處分。
　　　2. 經過科研人員的努力，人造地球衛星順利返回地面。

矛盾 ✅　　茅盾 ❌

釋義：「矛盾」本指長矛和盾牌，後用來比喻言行相互抵觸。

辨析：「矛」是古代用來刺殺敵人的長柄兵器——長矛，「矛盾」一詞出自寓言故事。相傳有一人賣矛和盾，誇他的盾最堅固，任何東西都戳不破；後來又誇他的矛最銳利，甚麼東西都能刺

拿你的矛刺你的盾，會怎樣呢？

進去。有人問他拿他的矛來刺他的盾會如何，他就回答不出來了。

例句：1. 他們倆產生了矛盾，可是一會兒就和好了。
　　　2. 農夫們在半山腰搭了幾間茅屋。

指導 ✅　　指道 ❌

釋義：「指導」表示指示引導。

辨析：「導」指引導，後引申為教育，開導，如：「輔導」。
　　　「道」指道理、方法，也指路途，如：「道路」、「鐵道」。

例句：1. 媽媽請了一位家庭教師來輔導我的課業。
　　　2. 火車在鐵道上飛快地行駛。

辨一辨

一 選出正確的漢字，填在句中的方格內。

| 導 | 道 |

1. 這裏的森林像一個迷宮，我們在嚮 ☐ 的帶領下才走了出去。

2. 知識像一盞明燈，它能引 ☐ 我們在人生的 ☐ 路上不至於迷失方向。

| 矛 | 茅 |

3. 半山腰上有一間 ☐ 屋，屋頂覆蓋着厚厚的 ☐ 草，修剪得十分整齊，好像鋪了一層厚厚的毯子。

4. 就在大家吵得不可開交的時候，老師走過來化解了 ☐ 盾。

填一填

二 下面的詞語應填「反」還是「返」呢？在橫線上寫出答案。

1. ＿＿＿＿ 敗為勝

2. ＿＿＿＿ 老還童

3. ＿＿＿＿ 面人物

4. 順利 ＿＿＿＿ 航

5. 流連忘 ＿＿＿＿

6. ＿＿＿＿ 復無常

51

趴下 ✓　　扒下 ✗

釋義：身體伏在地上，也指跌倒。

辨析：「趴」從「足」，指身體向前靠在東西上，如：「趴在窗口向外看」。

「扒」從「手」，只表示與手有關的動作，如：「扒草」、「扒土」、「扒竊」（從別人身上偷取財物）。

例句：1. 我喜歡趴在牀上看書。

2. 小狗正在院子裏用爪子扒土。

允許 ✓　　充許 ✗

釋義：「允許」指同意，准許。

辨析：「允」甲骨文寫作 ，像一個人在點頭表示答應，許可，後來人們書寫的過程中把頭部寫成了「厶」。

「充」指塞滿，也作擔任的意思，如：「充當」、「充任」。

例句：1. 媽媽只允許我一天吃一顆糖果。

2. 我們去沙漠旅行的時候應當帶上充足的飲用水。

未來 ✓　　末來 ✗

釋義：「未來」指將來，此時以後的日子。

辨析：「未」和「末」區別在於下面一橫，可以這樣來辨別：

未來日子長，一横越來越長；

末日時間少，一横越來越短。

例句：1. 人們對於未來總會有各種各樣的想像。

2. 隊伍像一條長蛇，我們就站在隊伍的末尾。

動腦筋

一 根據下面詞語的提示，填出正確的部首。

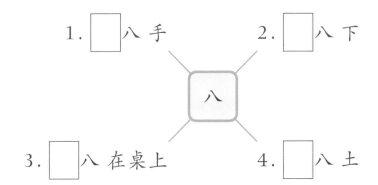

1. □八手　　　2. □八下

八

3. □八在桌上　　4. □八土

選字填空

二 選擇正確的文字填在橫線上，使詞語變得完整。

1.

未　末

A. _____ 來　　B. _____ 日

C. 粉 _____　　D. _____ 尾

E. 從 _____　　F. _____ 知

2.

允　充

A. _____ 許　　B. _____ 當

C. 填 _____　　D. _____ 足

E. 冒 _____　　F. _____ 實

搜刮 ☑ 搜括 ☒

釋義：指用各種方法掠奪。

辨析：「刮」從「刂」，指用刀子去掉物體表面的東西，如：「刮鬍子」；後來引申指掠奪財物，如：「搜刮」。

「括」從「手」，表示打結、捆紮，後來引申為把東西包含在裏面；如：「概括」、「包括」。

例句：1. 這羣海盜無法無天，經常將過往的商船搜刮一空。

2. 戰火燒毀了城市的許多建築，包括一座電影院。

煩惱 ☑ 煩腦 ☒

釋義：「煩惱」指煩悶苦惱。

辨析：「惱」從「心」，跟心情有關的寫作「惱」，如：「苦惱」、「煩惱」。

「腦」從「月」，指頭部，如：「腦袋」；與頭部有關的寫作「腦」。

例句：1. 這次的考試成績又不好，我真的很煩惱。

2. 媽媽限制了我使用電腦的時間。

感慨 ☑ 感概 ☒

釋義：「感慨」指心生感觸而發出感嘆。

辨析：「慨」從「忄」，表示一種心理狀態，本義指因不得志而感到氣憤，如：「憤慨」；引申為歎息，歎氣，如：「感慨」、「慨歎」。

「概」從「木」，本義指量米時刮平斗斛所用的木板，因為量米粟時，需放在斗斛上刮平，後引申為刮平，不使過量。也表示大約、總括的意思，如：「大概」、「概要」。

例句：1. 回到久別的故鄉，爺爺不禁感慨萬千。

2. 這本書我大概還要三天才能看完。

54

辨一辨

圈出下面句中的錯別字，並在括號內改正。

1. 今天我很煩腦，因為媽媽批評我不
   應該看太久電視。　　　　　　　　（　　　　　）

2. 他們多年未見，今天在街頭偶然相
   遇，令兩人感概不已。　　　　　　（　　　　　）

3. 那個貪官搜括了不少金銀財寶，老
   百姓對他都極為不滿。　　　　　　（　　　　　）

4. 我們這次旅行大慨十五天時間，計
   劃下個月出發。　　　　　　　　　（　　　　　）

5. 這個調皮的孩子讓父母很傷惱筋，
   不知道拿他怎麼辦才好。　　　　　（　　　　　）

6. 老師讓我們把這篇文章的主要內容
   用一句話慨括起來。　　　　　　　（　　　　　）

7. 聽到好朋友背地裏說她的壞話，<u>美</u>
   <u>兒</u>感到非常氣腦。　　　　　　　　（　　　　　）

剪裁 ✓ 　　剪裁 ✗

釋義：「剪裁」指縫製衣服時把衣料按一定尺寸剪斷裁開，比喻做文章時對材料的取捨安排。

辨析：「裁」從「衣」，指剪開布做衣服，如：「裁衣」；引申為去掉、減除，如：「裁員」。

「栽」從「木」，指種植，如：「栽種」。

例句：1. 主持人穿着一身剪裁合身的西裝走上了舞台。

2. 這家公司的經營狀況不好，不得不裁員了。

入場券 ✓ 　　入場卷 ✗

釋義：「入場券」指進入某場所時持有的許可進入的票券。

辨析：「券」在古代指票據，常分為兩半，雙方各執一半，需要用刀裁開，所以「券」從「刀」。

「卷」，從「㔾」，「㔾」像物品彎曲的樣子，因此「卷」指可以捲起來的書、畫等物品；後來泛指文卷、試題，如：「試卷」、「畫卷」。

例句：1. 演出馬上就要開始了，請大家拿好入場券依次入場。

2. 大自然在我們眼前展開了一幅壯美遼闊的畫卷。

帳篷 ✓ 　　帳蓬 ✗

釋義：撐在地上遮蔽風雨、日光並供臨時居住的棚子。

辨析：「篷」，在古代是指用在車、船上的遮蔽物，因為多用竹片搭設而成，所以從「竹」，如：「車篷」、「船篷」。

「蓬」，從「艸」，是一種野草，因為長得茂密，引申出茂盛、散亂的意思，如：「蓬勃」、「蓬鬆」、「蓬亂」等。

例句：1. 傍晚，我們在沙灘搭起帳篷，準備在海邊過夜。

2. 佳美剛起牀，頂着一頭蓬鬆的亂髮從房間裏走了出來。

填一填

一 下面的詞語中，有的字丟了筆劃，試補上缺失的部件，
使漢字變得完整。

1.

| 前 | 人 | 戈 | 樹 |

2.

| 量 | 體 | 戈 | 衣 |

3.

| 別 | 出 | 心 | 戈 |

4.

| 戈 | 個 | 跟 | 頭 |

找一找

二 下面圖片中有哪些錯別字？把它們圈出來，並更正在括
號內。

1.

佳美帳蓬

(　　　　)

2.

入場卷

元旦晚會

(　　　　)

3.

盆栽系列
特價8元

(　　　　)

4.

只要5元
獨家美味
紫菜券任您選

(　　　　)

害羞 ☑ 害差 ✗

釋義：「害羞」指不好意思，難為情。

辨析：「羞」下部為「丑」，形容感到恥辱，或難為情，如：「羞恥」；也指難為情，如：「怕羞」、「羞紅了臉」。

「差」下部為「工」，意思指出錯，我們可以這樣形象地來記憶和區分：「做工會出差錯，扮小丑感到害羞」。

例句：1. 她是一個內向的人，每次和別人交流都會害羞。

2. 這件衣服的質量太差了。

砍伐 ☑ 砍代 ✗

釋義：用刀斧等工具砍劈樹木。

辨析：「伐」從「戈」，「戈」表示武器，人拿着武器能做甚麼呢？當然是到處砍伐和攻擊，如：「伐木」、「砍伐」；「代」就沒有這個意思了。

例句：1. 工人們走進樹林，準備砍伐樹木。

2. 小明代表全班同學去醫院探望生病的數學老師。

提綱 ☑ 提網 ✗

釋義：「提綱」指內容要點。

辨析：「綱」從「糸」，表示與線絲有關。本義指提網的大繩，後來引申為事物的重要部分，如：「大綱」、「提綱」。

「網」指捕鳥或捕魚的器具，如：「魚網」；類似網的東西也叫「網」，如：「蜘蛛網」、「天羅地網」、「網絡」。

例句：1. 寫作之前先寫提綱可以幫助我們理清思路。

2. 漁夫將漁網撒向海中，期待這一網能有個好收穫。

填一填

選出恰當的字，填在下面句中的 ☐ 內。

 羞　　 差

1. 聽到老師的批評，<u>美玲</u> ☐ 紅了臉。

2. 老師告訴我們做實驗的時候要細心，出現一點 ☐ 錯都不行。

 網　　 綱

3. 語文老師在開學第一節課的時候就給我們講解了這學期的知識大 ☐ 。

4. 漁夫們出海捕了一天的魚，直到傍晚才收起魚 ☐ 滿載而歸。

 代　　 伐

5. 現在，發送電子郵件已經 ☐ 替了人們去郵局寄收信件。

6. 初夏的早晨，一羣人來到山坡上準備砍 ☐ 這裏的樹木。

催促 ☑️　　催促 ❌

釋義：叫人趕快行動或做某件事情。

辨析：「催」從「亻」，指使加快，如：「催辦」、「催促」。

「摧」從「手」，指折斷，毀壞，如：「摧毀」、「摧殘」。

例句：1.媽媽催促我收拾好行李，不然就趕不上飛機了。

2.每一次戰爭都會摧毀許多珍貴的歷史文物和建築。

櫥窗 ☑️　　廚窗 ❌

釋義：指用作展示物品的櫥櫃。

辨析：「櫥」從「木」，指存放東西的櫃子，如：「衣櫥」。

「廚」從「广」，表示與房屋有關，「廚」指做飯的地方，如：「廚房」。

例句：1.聖誕節，各大商場的櫥窗都裝扮得五彩繽紛。

2.我需要一個很大的衣櫥才能裝下我的衣服。

3.靜儀的爸爸是一位有名的廚師。

擁擠 ☑️　　擁濟 ❌

釋義：用財物幫助有困難的人。

辨析：「擠」從「手」，指用力壓或推開，如：「擠牙膏」，引申指緊緊挨着，如：「擁擠」。

「濟」從「水」，本指過河，如：「同舟共濟」（坐一條船，共同渡河）；引申指幫助，如：「救濟」、「劫富濟貧」（奪取富人的財富，救助窮人）。

例句：1.今年的年宵市場十分擁擠。

2.我們應該救濟生活貧困的人。

找朋友

一 下面亂走的字可以與「廚」、「櫥」組成哪些詞語？把它們填在 □ 內。

房　窗

師　　衣

具

例：

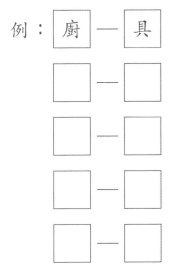

廚 ─ 具

□ ─ □

□ ─ □

□ ─ □

□ ─ □

填一填

二 在下面句子的方格內填上適當的部件，完成句子。

1. 在媽媽的一再 □崔促下，<u>美兒</u>和妹妹才收拾好玩具，準備上牀睡覺。

2. 在南極的嚴寒中，大大小小的企鵝們黑壓壓地 □齊成一團，互相取暖。

3. 窗外樹葉沙沙的響聲，彷彿媽媽哼唱的 □崔眠曲，我聽着聽着就睡着了。

4. 強烈的地震 □崔毀了房屋，奪去無數人的生命。

5. 災難中倖存的百姓，急需得到外界的救 □齊。

施捨 ☑　　施舍 ☒

釋義：「施捨」指送給財物，予以救援。

辨析：「捨」從「手」，表示放下，丟開或給予，如：「捨棄」、
「施捨」，主要用作動詞。

「舍」粵音「瀉」時，指住處，如：「校舍」；也可指飼養牲
畜的地方，如：「豬舍」。主要用作名詞。

例句：1. 他寧可吃苦受累多幹點活，也不願接受別人的施捨。
2. 這家慈善機構出資建設了很多新校舍。

誇讚 ☑　　跨讚 ☒

釋義：指誇獎、讚美。

辨析：「誇」從「言」，表示與說話有關。指說大話、炫耀，如：
「誇大」、「誇耀」；也指讚美，如：「誇獎」、「誇讚」。

「跨」從「足」，抬腿向前或向旁移動越過，如：「跨過」；
引申指超過界限，如：「跨年」、「跨國」。

例句：1. 志明待人有禮，勤奮好學，贏得了大家的一致誇讚。
2. 一聽到開門的聲音，小明就大跨步走向門口去迎接。

暑假 ☑　　署假 ☒

釋義：學校因暑熱而放假，通常在七、八月份。

辨析：「暑」從「日」，與太陽有關，指天氣炎熱，如：「中暑」、
「暑熱」。

「署」從「罒」，表示像網的形狀，辦理公務的機關組織
結構像網一樣，所以稱作「署」，如：「警務署」；也指佈
置、安排，如：「部署」。簽名也稱「署名」。

例句：1. 暑假就要到了，想想都令人興奮啊！
2. 廉政公署令許多貪官聞之色變。

動腦筋

一 下面與「捨」字有關的成語，你能找出幾個？寫在下面的方格內。

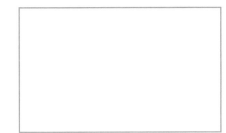

連一連

二 將下面的字用線連起來，使組成詞語。

找一找

三 看看下面的部件可以組成多少漢字？在橫線上寫出來，並在括號內組詞。

艹　日

四

者　灬

_____（　　　　　）

_____（　　　　　）

_____（　　　　　）

_____（　　　　　）

訓練 ☑　　　　訓煉 ☒

鍛煉 ☑　　　　鍛練 ☒

釋義：「訓練」指有計劃、有步驟地學習、操練。

「鍛煉」本指冶煉金屬，引申為通過訓練，增強體質或提高能力。

辨析：「練」從「糸」，本義指把生絲煮熟，使變得柔軟潔白。因為需要反復多次才能完成，所以引申出反復學習，多次操作的意思，如：「練習」、「訓練」，進而形容經驗多，如：「熟練」、「老練」。

「煉」從「火」，指將鐵等物品用火燒製或加熱，如：「煉鋼」。「鍛」是將金屬用火燒，用錘打，與「煉」合起來表示將金屬打造得更加精純；所以「鍛煉」不可寫作「鍛練」。

例句：1. 為了在田徑比賽中獲得好名次，哥哥這一個月都在刻苦訓練。

2. 我和媽媽每天早上都會去晨跑，鍛煉身體。

冶煉 ☑　　　　治煉 ☒

釋義：用焙燒、熔煉等方法從礦石中提煉出金屬。

辨析：「冶」從「冫」，指熔煉金屬。「冫」作部首多與冰有關，古人認為熔煉金屬好像冰塊融化一般，所以部首寫作「冫」。

「治」從「氵」，本指治水，後來引申為管理、整理、診療，如：「統治」、「治國」、「治病」。

例句：1. 中國古代擁有先進的青銅冶煉技術。

2. 政府花了大量的資金來治理這條河流的污染問題。

填一填

一 選出適當的字，填在句中的方格內。

1.

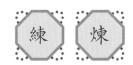

A. 訓□		B. □習		C. □鋼	
D. 熟□		E. □功		F. □金	
G. 鍛□		H. 老□		I. □乳	

2.

A. □療		B. □金		C. □病	
D. □理		E. □水		F. □煉	

二 將上題中適當的詞語，填在句中的橫線上。

1. 由於從小獨立自主，子軒做起事來顯得十分
   ＿＿＿＿＿＿＿。

2. 經過刻苦的 ＿＿＿＿＿＿ ，家俊終於通過了一百米
   測試。

3. 每天做一件好事，長期堅持下來很能 ＿＿＿＿＿＿
   我們。

4. 《大禹 ＿＿＿＿＿＿》是中國家喻戶曉的神話故事。

5. 隨着時代發展，＿＿＿＿＿＿ 等傳統工業逐漸被新
   興產業取代。

損失 ☑　　捐失 ☒

釋義：「損失」指損毀丟失，也指損毀丟失的物品。

辨析：「損」的意思是損壞、減少，右下部件是「貝」，「貝」是古代的錢幣，可以理解為：錢財減少是「損失」。

「捐」的右下部是「月」，指放棄，捨棄，如：「捐軀」；也指獻出，「捐款」。

例句：1. 這戶人家遭了火災，損失慘重。

2. 慈善機構向地震災區捐獻了很多急需的生活用品。

撤走 ☑　　撒走 ☒

釋義：指離開原來的地方。

辨析：「撤」有除去的意思，如：「撤職」；還有後退的意思，如：「撤退」。注意中間是「育」，不是「肖」。

「撒」指放開，散佈，如：「撒網」、「撒謊」、「撒種」。「撒」的中間是「肖」，不是「育」。

例句：1. 交通事故處理完之後，設置的路障也被撤走了。

2. 弟弟向媽媽撒謊說是貓咪打碎了花瓶。

道歉 ☑　　道謙 ☒

釋義：向人表示歉意。

辨析：很多人以為表示道歉要用語言，所以把「道歉」寫作「道謙」，實際是不對的。「謙」指虛心，「歉」指歉意，覺得對不住人。「道歉」表達的是歉意，而不是謙虛之意，明白這一點就不易弄混了。

例句：1. 自己做錯了事就應該向別人道歉。

2. 謙虛使人進步，驕傲使人落後。

找一找

下面有三張便條，看看裏面有哪些錯別字，把它們圈出來，並在括號內改正。

1.

> 爸爸：
>
> 　　今天學校發起了損款活動，我想給受災的小朋友也損獻一份愛心，我能把我的零花錢五十元損給他們嗎？
>
> 　　　　　　　　　家輝
>
> 　　　　　　　　　5 月 6 日　（　　　　　）

2.

> 小明：
>
> 　　我向你道謙，昨天我不該錯怪你，令你難過。希望你能原諒我，好嗎？
>
> 　　　　　　　　　家輝
>
> 　　　　　　　　　6 月 8 日　（　　　　　）

3.

> 志文：
>
> 　　爺爺去公園鍛練身體，七點半回來。早餐放在桌上，你起牀後和爸爸一起吃吧。
>
> 　　　　　　　　　爺爺
>
> 　　　　　　　　　5 月 3 日　（　　　　　）

陪伴 ☑　　倍伴 ☒

釋義：「陪伴」指隨同作伴。

辨析：「陪」從「阝」，有伴隨、輔助的意思，如：「陪同」、「陪伴」。「陪伴」的「伴」從「亻」，加上陪伴的對象多指人，所以常有人誤將「陪」寫作「倍」。

「倍」從「亻」，表示更加，如：「加倍」、「百倍努力」。

例句：1. 爸爸媽媽一直陪伴着我們成長。

2. 老師陪同我們參觀了<u>歷史博物館</u>。

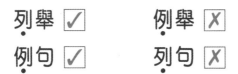

列舉 ☑　　例舉 ☒
例句 ☑　　列句 ☒

釋義：「列舉」指一個一個地舉出來。

「例句」指用來作為例證的句子。

辨析：「列」指行列，也可作列出、陳列解釋，如：「列舉」。

我們經常看到書中用來舉例的句子，稱為「例句」。我們可以說「舉例」，但不可以說「例舉」，「例舉」沒有任何意義。

例句：1. 老師經常通過列舉例句來幫助我們理解。

2. 哥哥想學唱歌，爸爸要他列舉出適合唱歌的有利條件。

遵守 ☑　　尊守 ☒

釋義：「遵守」指依照規定做事。

辨析：「遵」從「辶」，表示順着、沿着走，後引申出按照、依從的意思，如：「遵守」、「遵照」。

「尊」大篆寫作🍶，像雙手捧着酒壇，引申出尊重、敬重的意思，如：「尊敬」；還可以用作量詞，如：「一尊佛」。

例句：1. 過馬路的時候必須遵守交通規則。

2. 生病的時候應該遵照醫囑好好休息。

填一填

選出恰當的字，填在下面句中的 內。

陪 倍 例 列 遵 尊

1. 在哥哥的 同下，嘉怡第一次嘗試坐過山車。

2. 快樂要懂得分享，才能加 快樂。

3. 學校老師每週日都要開教學 會。

4. 請你 舉幾種喜歡吃的食物。

5. 老師給我們講解了 題後，又 舉了幾道算式，讓大家練習。

6. 我們要從小做一個 紀守法的公民。

7. 對別人的意見要表示 重，千萬別說：「你錯了！」

8. 夏莉因為生病請假一個月，所以現在要加努力才能補上落下的課程。

壓抑 ☑   壓仰 ☒

釋義：對人的思想、情感、行為等加以抑止或限制。

辨析：「抑」，大篆寫作 ⟨symbol⟩，像人用手壓住不使人起來；因此從「手」，本義指按，向下壓。引申指壓制，抑制。如：「抑止」、「壓抑」、「抑揚」（指音調的高低起伏）。

「仰」，從「人」，小篆寫作 ⟨symbol⟩，好像一人站着，一人跪着，跪者抬頭看站者，表示抬頭，臉向上，如：「仰望」、「前俯後仰」。

例句：1. 人們壓抑不住滿腔怒火，紛紛衝向街頭，向政府示威。

2. 我們來到草地上坐下，仰望遼闊的星空。

教誨 ☑   教悔 ☒

釋義：「教誨」指教導訓戒。

辨析：「誨」從「言」部，指教導。

「悔」從「心」部，指懊惱過去做得不對，如：「後悔」。

例句：1. 老師的教誨會伴隨我們很長的時間，教會我們如何做人、做事。

2. 我真後悔沒有聽媽媽的話。

上鉤 ☑   上釣 ☒

釋義：比喻被誘上當。

辨析：「鉤」右邊為「勾」，「釣」右邊為「勺」，我們可以這樣來區分：釣魚要有魚餌，「釣」字一點像魚餌；

鉤子形狀彎曲，「鉤」字裏面「厶」彎曲。

例句：1. 爺爺坐了一上午，卻連一條魚也沒釣上來。

2. 他把釣魚線使勁拉上來，啊！魚鉤上掛着一條大魚。

部首加法算式

一 選出恰當的偏旁，與右邊的字組成新字。

| 言 | 辶 | 亻 | 扌 | 木 | 忄 | 日 |

1.

(   ) +   = (   )

(   ) +   = (   )

(   ) + 卬 = (   )

(   ) +   = (   )

2.

(   ) +   = (   )

(   ) +   = (   )

(   ) + 每 = (   )

(   ) +   = (   )

識字歌謠

二 選出正確的字，填在歌謠的空格內。

爸爸帶我去1.(   )魚，

我把魚餌掛魚2.(   )。

爸爸手持3.(   )魚竿，

我盼魚兒快上4.(   )。

聽得爸爸一聲叫，

5.(   )起一條大鯉魚！

即使 ☑　　　既使 ☒

既然 ☑　　　即然 ☒

釋義：「即使」表示假設、縱使，常與「也」連用，組成關聯詞。

「既然」指已經如此。

辨析：「即」，甲骨文寫作 ⿰，像一個人跪坐在盛有食物的器皿前面。本義指走近準備吃東西，引申出就、到、假如等意，如：「即將」、「即使」。注意「即」不要寫作「耶」。

「既」，甲骨文寫作 ⿰，右邊像一個人吃完轉身要走的樣子；因此本義指吃完，吃過，後來引申出已經的意思，如：「既然」、「既來之則安之」（已經來了就安下心來）。「既」還常與「且」、「又」連用，表示兩者並列，如：「既快又好」。

例句：1. 即使媽媽沒有督促我，我也會完成家庭作業。

2. 既然下雨不能出去玩，那我們就在家看電影吧！

興高采烈 ☑　　　興高彩烈 ☒

張燈結綵 ☑　　　張燈結彩 ☒

釋義：「興高采烈」形容興致很高，精神飽滿的樣子。

「張燈結綵」指張掛燈籠，繫上彩帶。形容喜慶的景象。

辨析：「采」特指神色，神態，如：「神采」、「興高采烈」。

「彩」從「彡」，「采」表讀音。從「彡」表示與圖畫、文飾相關，因此「彩」指各種顏色，如：「彩筆」、「五彩繽紛」。

「綵」從「糸」，表示五彩的絲織品。「張燈結綵」的「綵」指的就是五色彩帶。

例句：1. 考了滿分的弟弟興高采烈地跑回家。

2. 一到春節，街上到處張燈結綵，顯得喜氣洋洋。

3. 媽媽送了我一盒彩筆作為生日禮物。

一 根據提示，在下面的空格內分別填入「即」與「既」，完成成語。

1.	一	觸		發

把箭扣在弦上，拉開弓等着射出。

2.	一	拍		合

一打拍子就合乎曲子的節奏。

3.	一	如		往

和過去完全一樣。

4.	一	言		出

說過的話，不能再收回。

二 根據提示，在下面的空格內分別填入「采」與「彩」，完成成語。

1.	沒	精	打	

沒有精神、提不起勁來。

2.	神		飛	揚

活力充沛，神色自得的樣子。

3.	多	姿	多	

姿態多樣而富有風采。

4.	光		奪	目

色彩鮮明耀人眼目。

5.	大	聲	喝	

看表演在精彩時大聲叫好。

6.	興	高		烈

興致勃勃，情緒熱烈的樣子。

7.	精		絕	倫

出色美妙，無人可比。

打擊 ☑️　　　打繫 ❌

釋義：「打擊」指敲打，引申為挫折。

辨析：「擊」從「手」，指敲打或做類似敲打的動作；也指攻打，如：「擊敗」、「攻擊」。

「繫」從「糸」，指連接，如：「聯繫」；引申為牽掛，如：「繫念」；還有打結，扣上的意思，如：「繫鞋帶」。

例句：1. 這次考試沒及格，<u>子明</u>深受打擊。

2. 據說恐龍滅絕的原因之一就是小行星撞擊地球造成的。

3. <u>美兒</u>蹲下身子把鞋帶繫好。

大拇指 ☑️　　　大姆指 ❌

釋義：手腳的第一個指頭。

辨析：「拇」從「手」，指手腳的大指；如：「拇指」。

「姆」從「女」，指保姆，在家料理家務或照看孩子的女傭。

例句：1. 大拇指是五個手指裏最靈活的。

2. 這位保姆正在細心地照顧小寶寶。

練習簿 ☑️　　　練習薄 ❌

釋義：學生做練習用的本子。

辨析：「簿」指書寫用的本子，或登記事物的冊子。如：「帳簿」、「筆記簿」、「作文簿」、「點名簿」。古代的冊子多用竹片製成，所以從「竹」。

「薄」從「艸」，上下結構，下邊是「溥」，不可寫作左右結構。

例句：1. 我不記得叔叔的電話，要查一下電話簿才知道。

2. 他穿得太單薄了，在嚴寒的天氣裏凍得直發抖。

填一填

從下面的圖片中圈出錯別字，並更正在旁邊的括號內。

打繫樂演奏家 音樂會
2016.10.08

1. (　　　　　　)

夏季簿款

2. (　　　　　　)

練習薄

3. (　　　　　　)

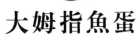

大姆指魚蛋

4. (　　　　　　)

外語保拇

5. (　　　　　　)

管理 ☑️　　菅理 ❌

釋義：「管理」指主持或負責某項工作，也指約束，引申為保管。

辨析：「菅」，粵音「間」，是一種野草，多生於山坡草地；後來引申出輕微、低賤的意思，如：「草菅人命」（把人的性命看得像野草一樣輕賤，隨意摧殘）。

例句：1. 媽媽把我過年收到的壓歲錢交給我自己管理。

2. 這個昏官不細察案情，便隨意判案，真是草菅人命。

延伸 ☑️　　廷伸 ❌

釋義：指從一方延長到另一方。

辨析：「延」從「　」。「延」是「止」上加一撇，「止」在古代表示腳，因此「延」表示長遠地行進，後引申指拉長、推遲等意，如：「延長」、「延續」（繼續）、「延年益壽」（延長壽命之意）。

「廷」從「　」，「壬」表讀音，指朝廷。注意「壬」上面一筆是撇，中間一橫長，不要寫成「王」。

例句：1. 喇叭花不僅爬滿了籬笆，還延伸到鄰居的院子裏。

2. 古代宮廷的設計都特別追求雄偉壯觀和富麗華貴。

態度 ☑️　　熊度 ❌

釋義：「態度」指人的舉止神態，也指對人對事的看法。

辨析：「態」從「心」，指形狀，如：「神態」。

「熊」從「灬」，「灬」是「火」的變形寫法，「熊」是哺乳動物，種類很多，有「棕熊」、「熊貓」、「黑熊」。

例句：1. 他聽到自己獲獎的消息後神態自若。

2. 這篇報道講述了一隻棕熊和人類友好相處的故事。

走迷宮

一 方格內的字能組成多少組詞語？把它們分別圈出來。

熊	熊	大	火
姿	掬	神	態
態	可	熊	掌
憨	態	狀	態

填填看

二 選出合適的部件，與下面的字組成新字，並組成詞語。

食　扌　广　竹　艹　虫

(　　) + 　　 = (　　) ＿＿＿＿＿

(　　) + 官 = (　　) ＿＿＿＿＿

(　　) + 　　 = (　　) ＿＿＿＿＿

(　　) + 　　 = (　　) ＿＿＿＿＿

(　　) + 廷 = (　　) ＿＿＿＿＿

(　　) + 　　 = (　　) ＿＿＿＿＿

分辨 ☑ 　　分辦 ☒

辯論 ☑ 　　辨論 ☒

釋義：「分辨」指判別，區分。

「辯論」指彼此對問題持不同的觀點、看法，引起爭論。

辨析：我們可以用歌訣方式區分和記憶：

有力能辦事，有言會辯論；

點撇能分辨，麻花是辮子。

例句：1. 那對雙胞胎長得太像了，你能分辨出誰是哥哥，誰是弟弟嗎？

2. 你如此蠻不講理，我不想和你爭辯下去。

3. 商務印書館創辦時間有一百多年了。

年紀 ☑ 　　年記 ☒

記敘 ☑ 　　紀敘 ☒

標記 ☑ 　　標紀 ☒

釋義：「年紀」指年齡。

「記敘」指記載、敘述。

「標記」指標誌、符號。

辨析：「紀」從「系」，表示與線絲有關，本義指散絲的頭緒，後來引申為記載、記錄，如：「年紀」；還具有法規的意思，如：「紀律」、「綱紀」。

「記」從「言」，本義指記住，如：「記憶」；也指把事物寫下來，或記載事物的書冊或文字，如：「遊記」、「日記」。

例句：1. 孔融雖然年紀小，但是他懂得禮讓。

2. 課堂紀律是每個學生必須遵守的準則。

填一填

在下面的空格內填上適當的字，完成四字詞語。

1.

明		是	非
真	假	難	
爭		不	休
自	有		法
公	事	公	

2.

遵		守	法
打	破		錄
讀	書	筆	
達	法	亂	
	念	郵	票
	得	清	楚

詳細 ☑   祥細 ☒

釋義：「詳細」指周密完備。

辨析：「詳」從「言」，指細密，完備，與「略」相對，如：「詳情」、「詳細」。

「祥」從「示」，指吉利，如：「吉祥」；也指吉凶的預兆，如：「祥雲」。

例句：1. 我的同桌詳細地幫我解答了這道算數題。

2. 祝你在新的一年吉祥如意，心想事成。

狹窄 ☑   峽窄 ☒

釋義：「狹窄」指寬度小，引申為心胸狹小，眼光短淺。

辨析：「狹」從「犬」，指橫的距離小，如：「狹長」。多作形容詞。

「峽」從「山」，指兩山或兩塊陸地夾着的水道，如：「台灣海峽」。多作名詞。

例句：1. 狹窄的街道兩邊，全是古色古香的店鋪。

2. 英國和法國之間隔着英吉利海峽。

派遣 ☑   派遺 ☒

釋義：差遣、派任。

辨析：「遣」表示離開、釋放及打發的意思，如：「派遣」、「遣送」、「消遣」。

「遺」表示丟失的意思，如：「遺失」、「遺落」、「遺忘」；後引申指留下，如：「遺留」、「遺跡」。

例句：1. 聯合國計劃派遣部隊前往這一地區，維護當地的和平。

2. 這些古代遺留下來的未解之謎，吸引着無數人前往。

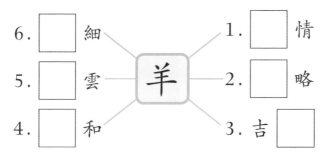

動腦筋

一 給下面的「羊」加上偏旁後，組成新字，完成詞語。

6. ☐ 細

5. ☐ 雲

4. ☐ 和

羊

1. ☐ 情

2. ☐ 略

3. 吉 ☐

填一填

二 在下面段落的方格內填上適當的字。

世界上最有名的 1. ☐ 谷要數美國的科羅拉多大 2. ☐ 谷了。整個 3. ☐ 谷蜿蜒曲折，長達349公里，最深處達1800米。兩岸全是懸崖峭壁，谷底河道非常 4. ☐ 窄，讓人不得不讚歎大自然的鬼斧神工。

大 5. ☐ 谷附近，還有兩處神祕的 6. ☐ 谷──上羚羊谷與下羚羊谷。鑽進 7. ☐ 小的地縫，你會發現自己如同進入了一個美妙的藝術宮殿：眼前堅硬的岩壁變成了輕柔的綢緞，陽光順着岩壁流淌，如同波浪一般，幻化出奇妙的色彩。難怪有人會說，這是被上帝 8. ☐ 留在大地上的奇跡。

漫山遍野 ☑️ 漫山偏野 ❌

釋義：形容數量很多，或範圍很廣，到處都是。

辨析：「遍」從「辶」，本義指走遍，引申指全面，到處，如：「遍佈」；還可用作量詞，指次，回，如：「一遍」。

「偏」從「亻」，指不在中間，如：「偏遠」；也指不全面，如：「偏見」。

例句：1. 漫山遍野的杜鵑花開得熱烈奔放，美不勝收。

2. 這間餐廳的位置雖然偏僻，生意卻很旺。

檢查 ☑️ 撿查 ❌

釋義：指查看檢驗。

辨析：「檢」從「木」，指查，如：「檢測」；也指注意、約束言行，如：「行為不檢」。

「撿」從「手」，指拾起，如：「撿拾」。

例句：1. 每次做完題目之後都應該仔細檢查。

2. 你能幫我撿起那本書嗎？

雷鳴 ☑️ 雷嗚 ❌
嗚謝 ☑️ 鳴謝 ❌

釋義：雷聲，比喻聲音大。「嗚謝」指表示感謝。

辨析：「鳴」從「鳥」，指鳥叫，如：「鳥鳴」；後來泛指發出聲音，如：「鳴叫」、「鳴響」。

「嗚」從「烏」，「烏」作聲旁，本來指人發出的歎息聲，後用來模擬發出這一類的聲音；如：「汽笛嗚嗚地響」，「妹妹嗚嗚地哭」。

例句：1. 天空突然烏雲密佈、電閃雷鳴，我們的出遊計劃只能取消了。

2. 被老師批評之後，<u>美兒嗚嗚地哭了</u>。

一 給下面的「僉」與「扁」加上偏旁後，組成新字，完成詞語。

1.
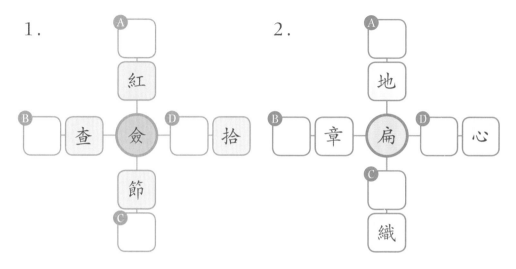

A ___ 紅

B ___ 查 僉 D ___ 拾

節

C ___

2.

A ___ 地

B ___ 章 扁 D ___ 心

C ___ 織

二 選擇上面的詞語，填在下面句子的方格內。

1. 內陸與<u>香港</u>之間設有車輛過往 [ ] 的關口。

2. 請把沒有扔進垃圾箱的廢紙 [ ] 起來。

3. 父母對孩子要一碗水端平，不能 [ ] 。

4. 這片田野上 [ ] 都是野花，人們紛紛合影留念。

5. 婆婆是個非常 [ ] 的人，用過的紙盒紙袋她都會收集起來賣掉。

鈕扣 ☑　　　扭扣 ☒

：扣住衣服的鈕子。

辨析：「鈕」從「金」，指器物上起調節或開關作用的部件，如：「按鈕」、「鈕扣」，多作名詞。

「扭」從「手」，本指用手撳，如：「扭開瓶蓋」、「把毛巾撳乾」；後引申指轉動，如：「扭頭」、「扭動」。

例句：1. 弟弟校服上的鈕扣掉了。

2. 把硬幣投入遊戲機，按下按鈕就可以開始遊戲了。

憂鬱 ☑　　　優鬱 ☒

釋義：形容憂傷、愁苦的樣子。

辨析：「憂」，由「頁」(表示頭部)＋「心」(表示擔心)＋「夊」(表示走路) 組成，表示擔憂、發愁；如：「憂愁」、「憂慮」。

「優」從「亻」，在古代指表演樂舞、雜戲的藝人；引申指美好的，如：「優良」；也指充足、富足，如：「優厚」、「優惠」。

例句：1. 人在下雨天容易變得憂鬱。
2. 勤儉節約是中華民族的優良傳統。

乾燥 ☑　　　乾躁 ☒

煩躁 ☑　　　煩燥 ☒

釋義：「乾燥」指缺乏水分。
「煩躁」指人心情煩悶、着急。

辨析：「燥」是乾的意思，表示氣候、環境，不表示人的情緒。
「躁」指性急，不冷靜，表示人的情緒。「煩躁」的「煩」為「火」旁，因此很容易受其影響將「躁」字寫為「火」旁。

例句：1. 最近天氣十分乾燥，我們要多喝水避免上火。
2. 小狗坐在車上，突然煩躁不安起來，不時地叫上幾聲。

一 將下面圓圈內的字與部首進行組合，填在右邊歌謠的方格內。

火氣太大是乾 ☐

生氣跳腳真煩 ☐

口發 ☐ 音令人惱

動手做 ☐ 身體好

我用清水來洗 ☐

填一填

二 在下面的方格填入恰當的字。

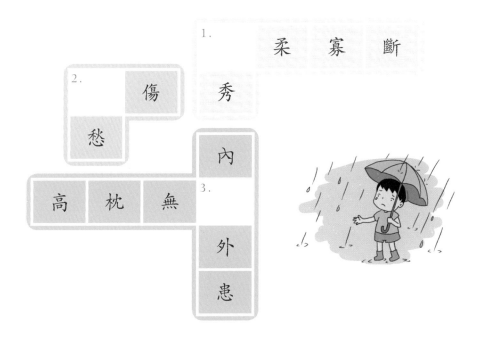

1.

| 柔 | 寡 | 斷 |

秀

2.

| | 傷 |

愁

內

| 高 | 枕 | 無 |

3.

外

患

偶像 ☑　　　偶象 ☒

印象 ☑　　　印像 ☒

釋義：「偶像」比喻人崇拜的對象。

「印象」指感官受外界刺激而留存於心中的意象。

辨析：較具體，可觸摸的，寫作「像」，如：「畫像」、「雕像」。
抽象的，不可觸摸的寫作「象」，如：「印象」、「現象」、
「氣象」等。

例句：1. 這位明星是許多孩子心目中的偶像。

2. 巴厘島的美麗風光給我們留下了深刻印象。

拼湊 ☑　　　拼揍 ☒

釋義：「拼湊」指把零星的聚合在一起。

辨析：在書寫「拼湊」這個語時，容易受到「拼」字的影響，誤將
「湊」寫作「揍」。「揍」從「手」，表示打的意思，如：「揍
人」，沒有聚合的意思。

例句：1. 巧手的媽媽把幾塊零碎的花布拼湊起來，縫製出了一
塊漂亮的桌布。

2. 老師生病了，大家湊錢買了一籃水果去看望他。

3. 我們應該做一個文明的公民，不能隨便動手揍人。

檔案 ☑　　　擋案 ☒

釋義：「檔案」指分類保存的文件和材料。

辨析：「檔」從「木」，指帶格子的櫥架，多用來存放案卷，如：
「存檔」，後來引申指這些分類保存的案卷，如：「檔案」。

「擋」從「手」，指攔住，抵抗，如：「阻擋」；也指遮蔽，
如：「擋住了陽光」。

例句：1. 我們每次的體檢單，學校都會放入檔案裏保存。

2. 下雨也不能阻擋我們出去郊遊。

一 根據下面的提示，在橫線上填上適當的字。

1.

具體，可觸摸的
_____ 像
_____ 像
_____ 像
_____ 像

畫 雕 人 形
印 現 氣 佛

2.

抽象，不可觸摸的
_____ 象
_____ 象
_____ 象
_____ 象

二 將下面相對應的漢字用線連起來。

拼 ●
演 ●　　　● 揍
挨 ●　　　● 湊
彈 ●　　　● 奏
緊 ●

搭 ●
抵 ●　　　● 檔
阻 ●　　　● 擋
排 ●
高 ●

漫長 ✓　　慢長 ✗

釋義：「漫長」指距離長或時間長。

辨析：「漫」從「氵」，指水過滿，如：「漫出」；也指無邊際，如：「漫無邊際」、「漫山遍野」。

「慢」從「心」，指速度或動作遲緩，如：「慢跑」；也指待人冷淡，沒有禮貌，如：「傲慢」。

例句：1. 香港的夏天，既炎熱又漫長。
2. 慢跑可以鍛煉人的意志。

收穫 ✓　　收獲 ✗
獲得 ✓　　穫得 ✗

釋義：「收穫」指收割農作物或得到農作物，引申為取得的成果。
「獲得」指得到，取得。

辨析：「穫」從「禾」，與穀物有關，指收割莊稼。
「獲」從「犬」，原指捕得禽獸，如：「俘獲」；也引申指得到，如：「獲救」、「獲取」、「獲得」。

例句：1. 在這次的夏令營活動中，我收穫了快樂。
2. 暴雨中獲救的人們悲喜交集。

緣故 ✓　　綠故 ✗

釋義：「緣故」指原因。

辨析：「緣」從「糸」，「彖」本義指豬嘴；因為豬嘴上唇比下唇大，引申出包住的意思，後來引申出邊的意思，如：「邊緣」；還可指原因等，如：「緣故」、「緣分」。

例句：1. 因為颱風的緣故，所以我們不用去上學。
2. 月季花的葉子的邊緣有很多小齒，真像一把把小鋸子呀！

填一填

選出正確的字,填在下面句子的空格內。

漫　　　　慢　　　　穫

獲　　　　緣　　　　綠

1. ◯ 長而炎熱的夏天終於過去了,涼爽怡人的秋天來到了。

2. 他那傲 ◯ 的態度讓人難以接近,難怪他沒有朋友呢。

3. 在學校的每一天,我都能收 ◯ 很多知識。

4. <u>建生</u>今天的演講 ◯ 得了老師和同學們的一致好評。

5. 要珍惜同學之間的 ◯ 分,因為升學之後大家就要各奔東西了。

6. 柳樹的枝條就好像無數根 ◯ 色的絲帶一樣。

嘗試 ☑   賞試 ☒

釋義：試一試、試驗。

辨析：「嘗」，從「旨」，「旨」的意思是滋味美，因此「嘗」的本義是辨別滋味，如：「品嘗」，「嘗」是「嚐」的本字，「嘗」還具有試探的意思，如：「嘗試」。

「賞」，從「貝」，「貝」表示錢財，「賞」的本義指賞賜，一般由地位高的人或長輩給地位低的人、晚輩財物。如：「賞賜」、「獎賞」。後來引申出器重、讚美、欣賞的意思，如：「賞識」、「讚賞」、「賞月」等。

例句：1. 世界各地都在嘗試無人駕駛車輛的研發。
2. 中秋節的夜晚，我們在陽台上一邊吃水果，一邊賞月。

賠錢 ☑   陪錢 ☒

釋義：指虧損本錢或賠償金錢。

辨析：「賠」，從「貝」，「貝」表示錢財，意思指補還損失，也指虧損、損失，如：「賠錢」、「賠償」。

「陪」的本義指重疊的土堆，引申出跟隨、作伴、協助的意思，如：「陪伴」、「陪同」、「陪審」。

例句：1. 子明弄壞了別人的東西，不得不賠錢給人家。
2. 老人的子女都遠在國外，只有一隻小狗陪伴在他身邊。

推銷 ☑   推鎖 ☒

釋義：「推銷」指推廣銷售。

辨析：「鎖」右部為「貝」，除表示鎖的意義外，還可表示遮住、封閉、緊皺等意義，如：「眉頭緊鎖」。

「銷」本義指熔化金屬，如：「銷毀」，後來引申出去掉、售賣、開支等意義，如：「報銷」、「銷售」等。

例句：1. 這不過是商家的推銷手段，為的是吸引顧客的注意。
2. 在香港的大街小巷可以看到各式各樣的連鎖商店。

一 根據下面的詞語提示，填出正確的字。

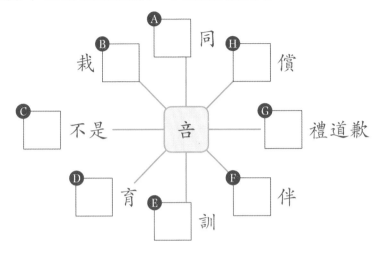

Ⓐ ☐ 同
Ⓑ 栽 ☐
Ⓒ ☐ 不是
音
Ⓗ ☐ 償
Ⓖ ☐ 禮道歉
Ⓓ ☐ 育
Ⓔ ☐ 訓
Ⓕ ☐ 伴

二 圈出下面段落中書寫正確的詞語。

　　叔叔是一位非常有經驗的1.(銷售員
消售員)，他往往能通過觀察顧客的言談舉
止，推測出顧客是否有2.(消費　銷費)的
慾望，然後再3.(嘗試　賞試)說服對方，
使對方不至於4.(打消　打銷)購物的念
頭。

　　叔叔憑着自己的悟性和
勤奮的態度，受到了公司老
闆的5.(賞識　嘗識)和
重用，很快便晉升他為公司
的6.(消售　銷售)主管。

申請 ☑   伸請 ☒

釋義：向上級說明理由或提出請求。

辨析：「申」是「伸」的本字，指申述說明，用「申」所組的詞多含此義，如：「申請」、「申明」、「引申」等。

「伸」，指伸展，如「伸張」、「伸縮」、「伸直」、「伸手」、「延伸」、「能屈能伸」等。

例句：1. 當地民眾製作出巨型的魚肉拼盤，並申請了世界健力士紀錄。

2. 一望無際的田野伸展到天邊。

廣泛 ☑   廣乏 ☒

釋義：「廣泛」指涉及的方面廣、範圍大。

辨析：「泛」，從「水」，本義指漂浮，如：「泛舟湖上」。引申指浮淺，一般，如：「浮泛」、「空泛」、「廣泛」。

「乏」指缺少、疲倦，如：「乏味」（沒有趣味）、「貧乏」（貧窮，缺乏物資）、「疲乏」（疲勞困倦）。

例句：1. 志明的愛好廣泛，圍棋、擊劍、滑冰等他都喜歡。

2. 由於缺乏睡眠，他的臉色蒼白，整個人無精打采的。

勉勵 ☑   勉厲 ☒

釋義：勸人努力，一般用在長輩對晚輩的鼓勵。

辨析：「勵」，從「力」，「厲」表讀音。指勉力，鼓舞，如：「獎勵」、「鼓勵」、「勉勵」。

「厲」本義指磨刀石，引申指嚴格、嚴肅，如：「嚴厲」；也可形容猛烈，如：「厲害」。

例句：1. 李老師常以鐵杵磨針來勉勵同學們努力學習。

2. 闖禍的孩子們受到了家長和老師們的嚴厲批評。

一 將含有正確答案的 ⚬ 塗上顏色。

1. 能屈能（ 申　 伸 ）
2. （ 申　 伸 ）請加入
3. （ 乏　 泛 ）舟湖上
4. 缺（ 乏　 泛 ）運動
5. 渾身（ 乏　 泛 ）力
6. 家境貧（ 乏　 泛 ）
7. 嚴（ 屬　 勵 ）批評
8. 鼓（ 屬　 勵 ）進步

二 選擇正確的文字，填在句中的括號內。

屬
勵

1. 爸爸說我們要用稻穗來勉（　　）自己，當它果實結得愈多，它的稈子垂得愈低，我們做人也是這樣，往往愈（　　）害的人，愈謙虛。

乏
泛

2. 這部電影缺（　　）曲折緊湊的情節，顯得有些（　　）味，結果一上映便受到了觀眾的廣（　　）批評。

申
伸

3. 這間公司（　　）明，他們新開發的機器人手腳靈活，（　　）縮自如，不僅能跨躍台階，還會攀登懸崖，活動範圍十分廣泛。

鍾愛 ☑️　　鐘愛 ❌

鬧鐘 ☑️　　鬧鍾 ❌

釋義：「鍾愛」指感情集聚在一個人身上，特別疼愛。

「鬧鐘」指能設定時間，發出聲響提醒人的時鐘。

辨析：「鍾」本義指盛酒的器具，引申為聚集，如：「鍾愛」。

「鐘」本是指古代的一種打擊樂器，後來又被用作報時、報警、集合的信號，如：「敲鐘」、「警鐘」、「時鐘」。

例句：1. 世界上色彩萬分，但我最鍾愛綠色。

2. 火車站正對面的建築上有一個巨大的時鐘。

豪華 ☑️　　毫華 ❌

釋義：指富麗堂皇。

辨析：「豪」從「豕」，本義指豪豬，引申為爽快、沒有拘束的，如：「豪邁」、「豪放」、「豪華」。

「毫」從「毛」，本指長而尖的毛，如：「毫毛」；引申指細小，一點點，如：「毫不在意」（一點也不在意）。

例句：1. 這艘豪華遊輪滿載着乘客，開始了環太平洋旅行。

2. 他們在山上找了半天，毫無結果。

警惕 ☑️　　驚惕 ❌

釋義：告誡使人注意。

辨析：「警」，從「言」，指用語言告訴別人，引起注意，如：「警告」；還可指維持社會治安的人，如：「警察」、「警署」。

「驚」，從「馬」，本義指馬受驚，引申指害怕、恐懼，如：「驚嚇」、「驚訝」、「驚奇」。

例句：1. 水庫邊上立了很多牌子，警告民眾不得下水游泳。

2. 本想給他一個驚喜，沒想到變成了驚嚇。

 辨一辨

一 選出正確的詞語，把答案塗上顏色。

1. 自毫　　豪毛　　豪爽

2. 毫華　　富毫　　絲毫

3. 警訝　　警惕　　警嚇

4. 驚奇　　驚報　　驚告

5. 時鐘　　鍾樓　　鐘情

 填一填

二 在下面句中的橫線上填上適當的字。

1. 人們有意把不同時間開放的花種在一起，把花圃修建得像一座時 _____ 一樣。

2. 面對對手的突然襲擊，<u>子文</u> _____ 無防備，被打了個措手不及。

3. 我們都為姊姊獲得全<u>港</u>小學組作文比賽金獎而感到自 _____ 。

4. 面對 _____ 察的詢問，嫌疑犯變得十分 _____ 慌。

5. 一聲刺耳的 _____ 報打破了校園的寧靜，老師正在安撫受到 _____ 嚇的同學。

防禦 ☑ 　　防禦 ☒

釋義：「防禦」指防守抵禦。

辨析：「禦」字的右上部為「卸」，「缶」不能寫成「缶」。「缶」表示瓦器，而「禦」本義是駕駛車馬，後來引申為統治、抵擋的意思，如：「抵禦」、「禦寒」。

例句：1. 建築萬里長城的最初目的是防禦敵人的入侵。
　　　2. 今天天氣特別冷，需要穿上羽絨服才能禦寒。

聯歡 ☑ 　　聯歡 ☒

釋義：「聯歡」指共同歡樂慶祝。

辨析：「歡」從「欠」，「欠」作部首表示呵氣、欷氣。「歡」的本義指高興歡呼，所以從「欠」。
　　　「攴」作部首表示手執小棍輕輕擊打的意思，與「歡」的本義無關。

例句：1. 我們學校和另一所學校將在下週一舉行聯歡會。
　　　2. 音樂可以帶給人歡樂。

聚集 ☑ 　　聚集 ☒

釋義：指集合。

辨析：「聚」，金文寫作𦘔，下面是三個人，表示人多；上面的「取」，表讀音。本義指人口匯集的村落，引申指會合、集合。如：「聚攏」、「聚齊」、「聚集」、「聚會」。「聚」字下面寫作「乑」，注意不要粗心大意寫成「木」。

例句：1. 人們聚集在維港兩旁，等待新年倒數活動開始。
　　　2. 各色鮮豔的花，都像趕集似的聚攏來，形成了爛漫無比的春天。

補筆劃

一 下面的四字詞語中，有的字丟了筆劃，試補上缺失的部件，使漢字變得完整。

1. | 雚 | 取 | 一 | 堂 |

2. | 鼓 | 掌 | 雚 | 乎 |

3. | 悲 | 雚 | 離 | 合 |

4. | 抵 | 彡 | 寒 | 冷 |

5. | 取 | 精 | 會 | 申 |

填一填

二 圈出句子中的錯別字，在（ ）內填上正確的答案。

1. 下半場，我們隊加強了防禦，不讓對手有機會進功。　　　　　　（　　　）（　　　）

2. 正在緊張的時侯，<u>家文</u>戴球攻入了球門。
　　　　　　　　　　　　　（　　　）（　　　）

3. 球迷們聚在體育場，大聲為球隊加油助微。
　　　　　　　　　　　　　（　　　）（　　　）

4. 比賽結束，人們歡乎起來，走出賽場。
　　　　　　　　　　　　　（　　　）（　　　）

初級 ☑   初級 ☒

釋義：「初級」指最低的層次。

辨析：「初」小篆寫作，從字形上看是指用刀剪裁衣服，是製衣服的起始，所以部首是「衣」不是「示」。

例句：1. 我的小提琴等級目前還只是初級水平。

2. 消除誤會之後，他們倆又和好如初了。

放射 ☑   放射 ☒

釋義：「放射」指由一點向四周外射出。

辨析：「射」的金文寫作，從字形上看像箭在弦上，手（人手一寸長，所以「寸」也指手）在發放，所以部首是「寸」不是「才」。

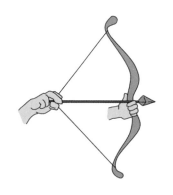

例句：1. 我正在學習射箭。

2. 燦爛的陽光照射着大地。

印刷 ☑   邙刷 ☒

釋義：把文字、圖畫等製成版，塗上油墨，印在紙張或其他材料上。

辨析：「印」甲骨文寫作，像一隻手抓住一個跪着的人的頭部，給他蓋上記號，因此「印」的本義指官方的圖章，如：「官印」、「印章」；後來泛指痕跡，如：「手印」、「足印」；而「印刷」、「印象」等詞語也都由這個意義引申而來。

「卩」作部首一般與土地有關，與「印」表示的意義無關。

例句：1. 這本書的印刷質量不好，很多地方都看不清楚。

2. 今天是我第一天去學校，我希望給老師留下好的印象。

填一填

看看偏旁「　」與「礻」與其他部件組合後分別成為甚麼字？
根據提示寫出來。

1.

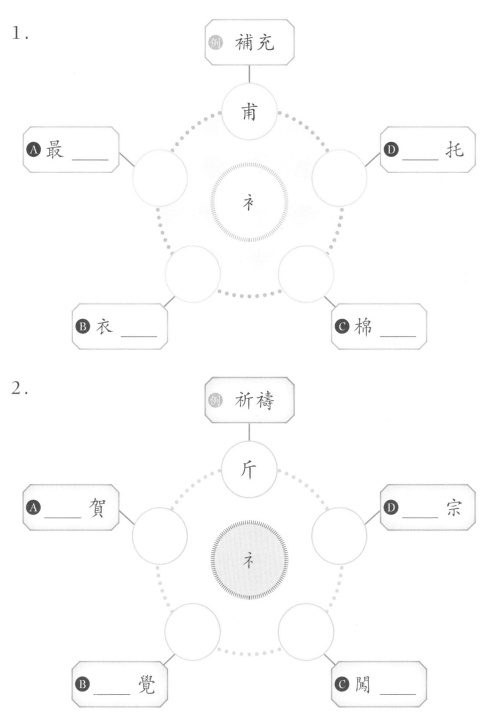

例 補充

甫

礻

Ⓐ 最 ＿＿＿＿

Ⓓ ＿＿＿＿ 托

Ⓑ 衣 ＿＿＿＿

Ⓒ 棉 ＿＿＿＿

2.

例 祈禱

斤

礻

Ⓐ ＿＿＿＿ 賀

Ⓓ ＿＿＿＿ 宗

Ⓑ ＿＿＿＿ 覺

Ⓒ 闖 ＿＿＿＿

玩耍 ☑   玩要 ☒

釋義：指遊戲。

辨析：「耍」的形旁是「而」，「要」的形旁為「西」。

「耍」指遊戲或玩弄，如：「玩耍」、「耍手段」、「耍花招」。而「要」的字義則較為廣泛，主要是指希望得到，請求，應該和重要，如：「要求」、「要點」、「要事」。

例句：1. 孩子們在湖邊的草地上快活地玩耍起來。

2. 不知道他耍的甚麼花招，我們要小心一點才好。

奧妙 ☑   奥妙 ☒
粵劇 ☑   粤劇 ☒

釋義：「奧妙」指深奧奇妙。

「粵劇」指流行於說粵語地區的一種戲劇。

辨析：「奧」的小篆寫作 𡇯，本義是指房屋的西南角，所以上面部首不全包圍，後來引申為精深，如：「深奧」。

「粵」，是廣東的別稱，注意上面的「奧」要封口。

例句：1. 大自然無奇不有，充滿了各種奧妙。

2. 今天是婆婆的生日，爸爸特地陪她到西九大戲棚觀看她最喜歡的粵劇。

賊寇 ☑   賊寇 ☒

釋義：「賊寇」指反賊。

辨析：「寇」的小篆寫作 𡨥，從字形看，「宀」表示與房屋有關，「元」指人，「攴」表示持械擊打，意思是手持器械的人，侵犯到房子裏來打人，所以本義是入侵，侵犯；引申為盜匪。「攴」不可寫作「支」。

例句：1. 戰亂時代的賊寇要比和平時代多。

2. 明朝的時候東南沿海地區經常會受到倭寇的侵犯。

選擇恰當的部件填在下面詞語的方格內。

1.
 而　　　 西

A. 玩 □（女）

B. □（女）求

C. □（復）蓋

D. 車 □（示）

E. □（木）子

F. 炊 □（火土）

G. 朋（女）帶

H. 無 □（寸）

I. □（示）風浮

2.
 歹　　　 攴　　　支

A. □餐廳

B. 糸□述

C. 樹 枝□

D. 賊 □（宄）

E. 特 扌□

F. 火采爛

3.
 南　　　圅

A. 深 □（大）

B. □（大）運會

C. □（丂）語

D. □（大）妙

E. □（丂）曲

F. 氵□（大）洲

音近錯別字

形近錯別字

部件易錯字

綜合練習

答案

筆畫索引

101

羨慕 ✓　　　羡慕 ✗

釋義：指心中愛慕渴望。

辨析：「慕」從「心」，「莫」表讀音。「小」是「心」字的變形寫法，因此字義與心理活動有關，指依戀，嚮往，下面的部件不可寫作「水」。

例句：1. 你的好運氣令人羨慕。

2. 他是一個著名歌星，有很多的仰慕者。

滔滔不絕 ✓　　　滔滔不絕 ✗
陷阱 ✓　　　陷阱 ✗

釋義：「滔滔不絕」形容說話連續不間斷。

「陷阱」指為捉捕野獸而挖的坑，後比喻害人的圈套。

辨析：「舀」的小篆寫作舀，從字形看上為「爪」，下為「臼」，像伸手掏取，所以本義是用瓢勺取物。「舀」常表讀音，如：「稻」、「蹈」、「滔」都與「舀」的讀音相關。

「臽」的小篆寫作臽，指小坑；如：「陷」的本義就是指人掉進坑裏。

例句：1. 狐狸掉進了獵人設下的陷阱裏。

2. 滔滔江水向着大海奔流而去。

染色 ✓　　　染色 ✗

釋義：「染色」指用染料在物品上加顏色。

辨析：「染」的小篆寫作染，古代的染料多來源於植物，所以從「木」；染料須加工成液體，所以有「氵」；染須反復進行，所以上面是「九」，不是「丸」，「九」在中國代表多。

例句：1. 媽媽昨天去理髮店請人把自己的頭髮染色。

2. 最近流感嚴重，班裏很多同學都被傳染了。

一 看看部件「舀」、「臽」與其他部件組合後分別成為甚麼字?根據提示寫出來。

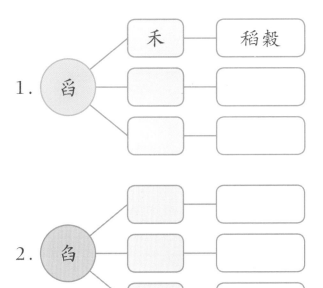

1. 舀
禾 —— 稻穀

2. 臽

二 把下面詞語中的錯別字圈出並在括號內改正。

1. 錄取 (　　　)　　2. 愛慕 (　　　)

3. 恭喜 (　　　)　　4. 黎明 (　　　)

5. 感染 (　　　)　　6. 講究 (　　　)

7. 執着 (　　　)　　8. 熱鬧 (　　　)

隨便 ☑️　　　遀便 ❌

釋義：「隨便」指不加限制，不加約束。

辨析：「隨」指跟着，如：「隨從」；也指順從，如：「隨意」。「隨」從「阝」，不從「辶」。

例句：1. 沒有經過同意，不可以隨便拿別人的東西。

2. 女王每一次出行都會有很多隨從跟着。

殘廢 ☑️　　　殘癈 ❌

釋義：肢體殘缺，並失去功能。

辨析：「廢」從「广」，「广」作部首表示與房屋有關，「廢」的本義是房子傾倒，後來引申為停止，不再使用，如：「廢除」；也指沒有用的，如：「廢品」、「殘廢」。不要以為「殘廢」跟疾病有關，就把「广」部寫作「疒」部。

例句：1. 遭遇車禍之後他的腿殘廢了。

2. 廢品回收是參與環保的一種方式。

垂頭喪氣 ☑️　　　垂頭喪氣 ❌

釋義：「垂頭喪氣」低垂着頭，意氣消沉。形容失意沮喪的樣子。

辨析：「喪」的小篆寫作𠸷，表示哭已死去的人；後引申為跟死人有關的事情，如：「喪事」；也指丟掉，失去，如：「喪失」。注意不要加多一撇。

例句：1. 他今天一整天都垂頭喪氣的，肯定是遇到不好的事情了。

2. 不要因為一次失敗就喪失了繼續前行的動力。

看看部首「广」與「疒」與其他部件組合後分別成為甚麼字？
根據提示組詞。

1.

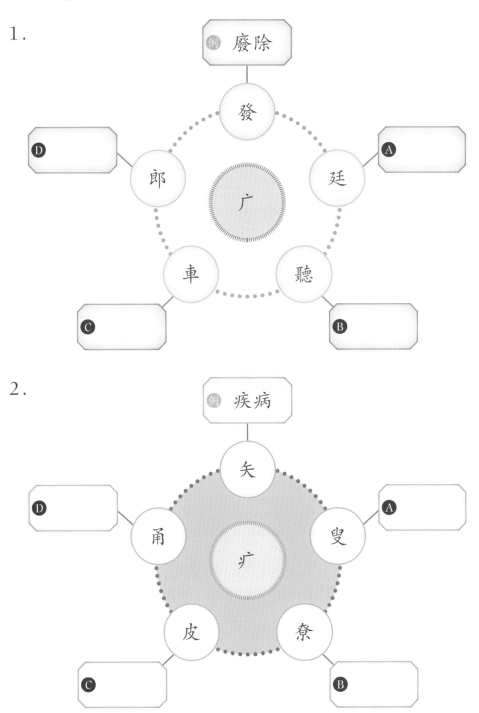

2.

修改 ✓　　　修攺 ✗

釋義：「修改」指改正錯誤、缺點。

辨析：「改」的小篆寫作 改，左邊部首像一個跪着的小孩子，右邊部首像用手持着棍，表示教子改過歸正之意，因此「改」的意思是改變，如：「改造」。

「弓」作部首表示與弓箭或用弓的動作有關，如：「彈」、「弛」、「彎」等。

例句：1. 你的作業有幾處錯誤，需要修改一下。

2. 他們打算把書房改造成嬰兒室。

飼養 ✓　　　鉰養 ✗

釋義：「飼養」指餵養動物。

辨析：「飼」本義是給人吃食物，所以部首是「食」不是「金」，後來指餵養（動物），如：「飼料」。

例句：1. 叔叔的工作是在動物園飼養動物。

2. 這些豬都是吃飼料長大的。

敲鼓 ✓　　　敲皷 ✗

釋義：「敲鼓」指敲擊鼓使發出聲音。

辨析：「鼓」右邊是「支」（而不是「攵」），表示手持棒槌擊鼓，所以「鼓」的本義是指一種打擊樂器；引申為發動，使振作起來，如：「鼓動」、「鼓舞」。

例句：1. 節假日的時候人們會敲鼓來慶祝。

2. 老師鼓勵我努力追求自己的夢想。

部件辨析

選出正確的部件，填在句中的方格內。

1. 我們發現缺點後應當及時 ☐ 攵正，不能一錯再錯。

2. 家偉參加了國際象棋比賽，一直到比賽結束，他緊繃的神經才鬆 ☐ 也下來。

3. 媽媽交代我每天只要給小金魚 ☐畏一次 ☐司料就可以了。

4. 建業從小就害怕打 ☐十，所以他一般生病了只吃藥。

5. 每次我情緒低落的時候，子軒都會找我談心並且壴☐勵我。

6. 老師每次都認真地批 ☐☐ 同學們的作文。

107

狼心狗肺 ☑　　　　狼心狗肺 ☒

釋義：比喻人心腸狠毒，毫無良心。

辨析：「肺」的右邊是「市」，金文寫作市，指古代繫於腰間，遮在衣服前面的服飾。它與「市」不同，中間為一豎穿透，「市」上面是一點，在書寫時要多加留意。

例句：1.那個不孝子這樣虐待自己的父母，真是狼心狗肺！
　　　2.紅彤彤的柿子像一個個小小的燈籠，掛在樹上。

熟悉 ☑　　　熟悉 ☒

釋義：瞭解得很清楚，知道得很詳細。

辨析：「悉」上部為「采」，不能寫作「采」。「采」，金文寫作采，像野獸爪子的形狀，本義指獸爪，引申表示辨別、分辨。「悉」即表示心中知道，加以辨別的意思。

「采」從「爪」從「木」，本義指摘取，後加「才」強調用手摘取，「采」則表示神色。如：「神采」、「無精打采」等。

例句：1.張伯在這裏住了十多年，對這一帶的情形十分熟悉。
　　　2.看弟弟無精打采的樣子，他是生病了嗎？

啄木鳥 ☑　　　　啄木鳥 ☒

釋義：鳥類的一種，嘴直而堅利，能戳破樹皮，舌細長能伸縮，尖端有鈎，可捕食樹洞裏的蛀蟲。

辨析：「豕」，甲骨文寫作豕，粵音「此」，指豬，「豕」的字多與豬有關，如：「豚」，指小豬；「豪」，古代指野豬。

「啄」右邊為「豖」，甲骨文寫作豖，比「豕」多了一點，表示將豬用繩子綑縛起來，形容豬被絆住難行的樣子。

例句：1.啄木鳥飛到一棵大樹上，敲敲這裏，敲敲那裏，很快便捉出了一條小蟲子。
　　　2.妹妹像小雞啄米似的連邊點頭，說：「好！好！」。

動腦筋

一 將下面的字與適當的部首組合成新字，填在括號內。

1.
 豕　豖
 辶　宀
 月　口

A. 追（　　）　　　B. （　　）庭

C. 海（　　）　　　D. （　　）食

2. 采　釆
 田　彡
 糸　心

A. 五（　　）　　　B. 輪（　　）

C. 熟（　　）　　　D. 剪（　　）

3. 市　巿
 鬥　月
 木　氵

A. （　　）病　　　B. 吵（　　）

C. （　　）子　　　D. 充（　　）

填一填

二 選擇上題中適當的詞語，填在下面句子的橫線上。

1. 爺爺雖然年輕大了，卻仍然精力 ＿＿＿＿＿＿ ，常常與年輕人一起去跑步健身。

2. 這是一首大家都很 ＿＿＿＿＿＿ 的歌，因此所有人都輕輕哼唱起來。

3. 一幅幅 ＿＿＿＿＿＿ 繽紛的畫作令人大開眼界。

4. 廣場上，鴿子三五成羣地聚在一起 ＿＿＿＿＿＿ 地上的麪包屑。

整齊 ✓　　整齋 ✗

釋義：「整齊」指有次序，有條理。

辨析：「齊」下為「刀」，中間是「二」，指長短、大小、高低差不多，如：「排列整齊」、「一齊唱」、「到齊了」。

「齋」下為「冊」，中間是「示」，指屋舍，常指書房、學舍、商店，如：「書齋」；也可指佛教徒吃的素食，如：「吃齋」、「齋食」。

例句：1. 媽媽要求我把自己的臥室收拾整齊。

2. 子明把「齋菜館」誤認為是「齊食館」，真可笑！

宮殿 ✓　　宮殿 ✗

釋義：「宮殿」指帝王所居住的房屋。

辨析：「殿」指高大的房屋，後特指帝王所居和朝會的地方，或供奉神佛的地方，如：「寶殿」。右邊為「殳」，不能作「殳」。

例句：1. 古代的帝王都住在富麗堂皇的宮殿裏。

2. 在中國幾乎每一座寺廟都會有大雄寶殿。

攀登 ✓　　攀登 ✗

釋義：「攀登」指用手抓住東西爬上去。

辨析：「攀」從「手」，本義是用手拉、牽，後來引申為抓住東西向上爬；也指結交，如：「攀親」。

例句：1. 想要攀登高峯就要有不畏艱險的勇氣。

2. 有些人自己不思進取，卻想着和成功的人攀親道故。

填一填

看看部首「殳」、「手」與其他部件組合後分別成為甚麼字？根據提示寫出來。

1.

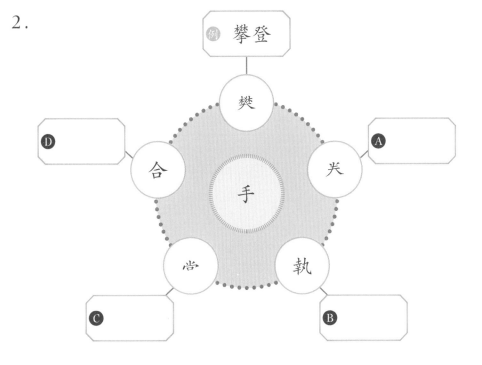

2.

破舊 ☑   破舊 ☒

釋義：老舊、破爛。

辨析：「舊」，下部為「臼」，「臼」是象形字，在甲骨文 ⟨圖⟩ 中字形像坑的形狀，本義指舂米的器具。不可寫作「白」或「日」。類似的還有：「舅」、「毀」、「寫」、「舀」等。

例句：1. 那座唐樓年久失修，早已破舊不堪。

2. 下起了暴風雨，船上的人們不得不舀出船裏的水。

熱鬧 ☑   熱閙 ☒

釋義：形容場面高興、熱烈。

辨析：「鬥」，小篆寫作 ⟨圖⟩，像兩個人在一起互相打鬥的樣子，本義是對打、打鬥，引申指競爭。「鬧」字從「鬥」，不從「門」，中間是「市」。要留意不要將「鬥」誤寫為「門」。

例句：1. 隨着城市的發展，曾經偏僻的郊野，現在也變成了熱鬧的都市。

2. 陽光在平靜的海面上不停地閃爍着、跳躍着。

計策 ☑   計策 ☒

釋義：指方法、計謀。

辨析：「朿」即現在的「刺」字，甲骨文寫作 ⟨圖⟩，像尖尖的木頭穿過物件，也指樹木的刺，後來「朿」另加「刂」表示刺。從「朿」的字還有：「棗」、「刺」、「棘」，都與刺的意義相關。

「束」，甲骨文寫作 ⟨圖⟩，好像把木頭用繩子捆住，所以中間是「口」，不是「冂」。從「束」的字還有「速」、「辣」、「喇」、「漱」等。

例句：1. 他想出了一個絕妙的計策，來戰勝對手。

2. 在城區內開車，不允許按響喇叭。

連一連

一 將下面的部件與適當的部首用線連起來，再在 ☐ 內組詞。

1.

束　束

刂
之
⺮

→ ☐
→ ☐
→ ☐

2.

白　白

儿
七
男

→ ☐
→ ☐
→ ☐

3.

鬥　門

馬
市
耳

→ ☐
→ ☐
→ ☐

填一填

二 在下面段落的空格內填上適當的部件。

　　我的弟弟今年六歲了，他長得胖乎乎的，很可愛，但他有個缺點就是1. 忄☐惰，做甚麼事情都依2. ☐媽媽，有時還會耍無3. ☐，讓人又好笑又好氣。我和他在家，總是少不了爭吵、打4. ☐市☐，有一次我被弟弟手中的筆給5. ☐刂破了手，傷口火6. 辛☐辛☐ 地痛。弟弟見自己7. ☐馬 了禍，嚇得趕緊拿來消毒藥水和藥用膠布。看着弟弟笨手笨腳的樣子，我忍不住笑了起來。這時的弟弟真可愛！

綜合練習一

一 選出適當的字，填在括號內，組成詞語。

練　　　煉

1. A. 鍛（　　　）　　B. 訓（　　　）　　C. 冶（　　　）

代　　　帶

2. A.（　　　）替　　B. 領（　　　）　　C. 交（　　　）

箱　　　廂

3. A. 車（　　　）　　B. 冰（　　　）　　C. 郵（　　　）

響　　　嚮

4. A. 影（　　　）　　B.（　　　）導　　C.（　　　）往

桶　　　筒

5. A. 筆（　　　）　　B. 木（　　　）　　C. 郵（　　　）

檔　　　擋

6. A. 高（　　　）　　B. 阻（　　　）　　C. 攤（　　　）

二 圈出下面四字詞語中正確的字。

1. 專心（ 致　至 ）志

2. 大（ 廷　庭 ）廣眾

3. 星（ 辰　晨 ）閃爍

4. 心（ 驚　警 ）膽戰

5. 奇（ 形　型 ）怪狀

6. （ 度　渡 ）日如年

三 圈出下面標牌中的錯別字，並更正在橫線上。

1. 本店有搖控車售賣

＿＿＿＿＿＿＿

2. 進口鍾錶種類煩多

＿＿＿＿＿＿＿

3. 風境區：5公里

＿＿＿＿＿＿＿

4. 請尊守會場紀律

＿＿＿＿＿＿＿

5. 禁止砍代樹木

＿＿＿＿＿＿＿

四 圈出下面句子中正確的字。

1. 今年夏天，我們（ 度　渡 ）過了一個快樂的假期。

2. 在困難的時候接受別人的施（ 捨　舍 ）並不是一件丟人的事。

3. 她的身體受傷後還沒有復（ 完　原 ），不能完成這麼高難度的雜技動作。

4. 神舟號宇宙飛船完成任務後，順利（ 反　返 ）航。

5. 炎熱而（ 漫　慢 ）長的夏天就要結束了。

6. 他講起話來前言不搭後語，真是自相（ 矛　茅 ）盾。

7. 在古代，有冤屈的人可以到衙門擊鼓（ 嗚　鳴 ）冤。

8. 我不理解你說的話，你能舉個淺顯的（ 列　例 ）子嗎？

9. 老師告訴我們，寫作文章時可以在（ 未　末 ）尾處總結全文。

10. 學習不但是要（ 獲　穫 ）取知識，而且還要精益求精。

五 判斷下列每組詞語，在正確答案後的括號內加 ✔。

1.

| 流連忘返 | （ | ） |
| 留連忘返 | （ | ） |

2.

| 莫名奇妙 | （ | ） |
| 莫名其妙 | （ | ） |

3.

| 張燈結彩 | （ | ） |
| 張燈結綵 | （ | ） |

4.

| 不計其數 | （ | ） |
| 不記其數 | （ | ） |

5.

| 一股作氣 | （ | ） |
| 一鼓作氣 | （ | ） |

6.

| 振翅高飛 | （ | ） |
| 震翅高飛 | （ | ） |

六 圈出句中的錯別字，並在橫線上改正。

1. 我有兩張動漫展的入場卷，你有興趣一起去嗎？

_____

2. 媽媽計劃今年署假帶我們去日本旅遊。

_____

3. 他是一位經驗豐富的裁縫，做的衣服很受歡迎。

_____

4. 他居住的房子發生了火災，捐失慘重。

_____

5. 新上任的經理把公司管理得井井有條。

_____

6. 媽媽的櫥藝非常高超，做的菜好吃極了！

_____

綜合練習二

一 把可以組成詞語的兩個字用直線連起來。

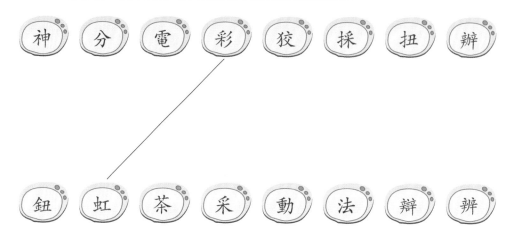

二 在下面句子的括號內填上正確的字。

1. 最近天氣十分乾（　　　），我們要預防火災的發生。

2. 子文性格急（　　　），很難同他心平氣和地交流。

3. 他向老師（　　　）謊作業忘帶了，其實是還沒完成。

4. 援軍遲遲沒有到來，將軍不得不下令（　　　）退。

5. 上下班交通高峯時期，地鐵裏十分擁（　　　）。

6. 作為官員應該公私分明，不可以假公（　　　）私。

7. 我們中午在威記餐廳吃的燒（　　　）雞飯，真是美味啊！

8. 在歌聲中，靜文愉快地吹滅了蛋糕上的生日（　　　）燭。

三 選字填空。選擇正確的字，填在 ⬭ 上。

1. 他是一個很多疑的人，經常修 ⬭（攺/改）自己的銀行卡密碼。

2. 老師告訴我們要好好學習，長大後成為一個 ⬭（博/搏）學多才的人。

3. ⬭（狐/狐）假虎威是指 ⬭（狐/狐）狸借老虎的威嚴嚇退百獸。

4. 學校把安全規則 ⬭（邛/印）刷成小冊子，發給每一位學生。

5. 竊賊一看到黃金，眼裏就放 ⬭（射/射）出貪婪的眼光。

6. 爸爸週末帶我參加了他們公司舉辦的聯 ⬭（歡/歡）活動。

7. 在大海上航行，人們是怎樣 ⬭（辨/辯）別方向的呢？

8. 沒有經過主人的允許，不可以 ⬭（遁/隨）便採摘樹上的蘋果。

9. 外公的年 ⬭（記/紀）越來越大，⬭（紀/記）性也越來越差了。

四 在方框內填上適當的部件，將字補充完整。

1. 這個案件偵查了很久，可是直至今天還是 [高□] 無頭緒。

2. 請你替我買一張演唱會的入場 [关□] 好嗎？

3. 弟弟整天只顧着玩 [西□]，功課一點也不肯做。

4. 為了這麼一點小事煩 [□惱]，值得嗎？

5. 祖母每逢初一食 [齋□]，不吃葷。

五 圈出句中的錯別字，並在橫線上改正。

1. 媽媽告訴我要刻制自己的脾汽，不要經常發火。

＿＿＿＿＿　＿＿＿＿＿

2. 爸爸在汽車上按裝了道航儀，出門就不擔心會迷路了。

＿＿＿＿＿　＿＿＿＿＿

3. 我把試卷撿查了好幾偏，才交給老師。

＿＿＿＿＿　＿＿＿＿＿

4. 春雨密密斜斜地下着，尤如籠罩了一層簿霧。

＿＿＿＿＿　＿＿＿＿＿

5. 他做出這種違背道意的事情，真是出乎義料。

＿＿＿＿＿　＿＿＿＿＿

六 下面段落中有十個錯別字，請把它們圈出來，並在 □ 內改正。

今年暑假爸爸媽媽帶我去<u>北京</u>旅遊。第一天我們去參觀了<u>故宮博物館</u>。這座宮殿是古代帝王居住的，特別宏偉壯觀。我們在裏面遊玩了一天但還是意猶未儘。第二天我們去了<u>頤和園</u>。夏天園內的荷花和金魚最吸引人，我們買了些魚銅料餵這些金魚，看着牠們自由自在的樣子，真讓人羨慕。第三天我們去了<u>八達嶺長城</u>。<u>長城</u>建築的最初目的是為了抵禦敵人的侵犯。俗話說「不到<u>長城</u>非好漢」，我決定要獨立攀登到最高點，爸爸媽媽一直在旁邊敦勵我。雖然很累，但是我還是做到了。第四天上午我們去商場購物，買了很多特產，准備當作禮物送給親戚朋友。下午我們就坐飛機回到<u>香港</u>。這真是一個難忘的暑假。

□ □ □ □ □

□ □ □ □ □

音近錯別字

形近錯別字

部件易錯字

綜合練習

答案

筆畫索引

答案

P7

一　1. 工　2. 功　3. 工　4. 工
　　5. 公　6. 功　7. 公　8. 工
　　9. 工　10. 工　11. 公　12. 公
　　13. 功　14. 公　15. 公

二　1. 工　2. 公　3. 公　4. 功，功

P9

一　1. 臘　2. 蠟　3. 臘　4. 蠟
　　5. 臘

二
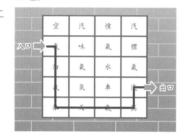

P11

一
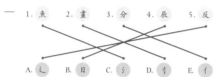

二　1. 魚；漁　　2. 畫；畫
　　3. 划　　4. 劃

P13

一　1.
授　　態
舞　姿　金
身　資　勢
物　　源

2.
窮　　量
詳　盡　快
無　儘　力
用　　管

二　1. 範　2. 盡　3. 儘
　　3. 資　5. 姿

P15

一　1. A. 度　B. 度　C. 度　D. 渡
　　　E. 度　F. 渡　G. 度　H. 渡
　　2. A. 致　B. 緻　C. 致　D. 至
　　　E. 致　F. 至　G. 緻　H. 致
　　　G. 至　H. 致　I. 致

二　1. 度假　　2. 興致勃勃
　　3. 精緻　　4. 渡口

P17

一　複；復；覆；腹

二　1. 複　　2. 覆

三　守；守；手；迅；訊

P19

1. 杆　2. 竿　3. 速　4. 促
5. 促　6. 搗

P21

1. 交代；代替　　2. 代表；帶來
3. 帶動；取代　　4. 胡亂；一塌糊塗
5. 糊塗；胡言亂語　6. 模糊；胡思亂想

P23

一　1. 戴　2. 帶　3. 帶　4. 戴
二　1. 晃　2. 恍　3. 晃　4. 帶
　　5. 奇　6. 名　7. 明

P25

1. 攔路虎　　2. 佈告欄
3. 繁忙；煩人　　4. 繁多；麻煩
5. 繁華；煩躁　　6. 倒映
7. 映照；倒影

P27

一　1. 響　2. 向　3. 向
二　1. A. 建　B. 健　C. 鍵　D. 健
　　　E. 建　F. 鍵
　　2. A. 型　B. 形　C. 形　D. 型
　　　E. 型　F. 形　G. 型　H. 形
　　　I. 形　J. 型　K. 型

P29

一　1. 猶　2. 尤　3. 蹟　4. 跡
　　5. 廂　6. 箱；廂

P31

1. 筒　2. 桶　3. 頌　4. 誦；頌
5. 建；見

P33

一　1. 奈　2. 耐　3. 供　4. 貢
　　5. 貢
二　1. 配　　2. 佩

P35

一

二 1. 主意　　　　2. 義演；出乎意料
　 3. 意願；義務

P37

一 1. 景　　2. 境　　3. 景　　4. 境
　 5. 景　　6. 境
二 1. 計　　2. 記　　3. 計
三 1. ⟨計⟩；記　2. ⟨記⟩；計　3. ⟨景⟩；境

P39

一 1. 擦　　2. 刷　　3. 擦　　4. 刷
　 5. 刷　　6. 擦　　7. 擦　　8. 擦
二 1. 造；造　　　　2. 做；做
　 3. 造；造　　　　4. 造；做

P41

1. 遙　　2. 搖　　3. 予　　4. 與
5. 震；振　　　　6. 振；震

P43

一

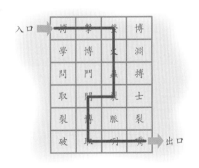

二 博覽羣書；地大物博；博學多才

P45

1. 氣；腹；鼓；痛
2. 擔；認；諾；繼
3. 章；目；幅
4. 織；輯；排；號

P47

一 份；晨；震；紛；扮；吩；振；芬；
　 盼；唇
二 1. 辰　　2. 份　　3. 份　　4. 晨
　 5. 勉　　6. 免

P49

一 1. A. 較　　B. 校　　C. 較　　D. 校
　　 E. 較　　F. 校
　 2. A. 滑　　B. 猾　　C. 滑　　D. 猾
　　 E. 滑　　F. 滑
二 1. 蓮　　2. 連　　3. 連　　4. 蓮；蓮

P51

一 1. 導　　　　　　2. 導；道
　 3. 茅；茅　　　　4. 矛
二 1. 反　　2. 返　　3. 反　　4. 返
　 5. 返　　6. 反

P53

一 1. 扌　　2. ⻊　　3. ⻊　　4. 扌
二 1. A. 未　　B. 末　　C. 末　　D. 末
　　 E. 未　　F. 未
　 2. A. 允　　B. 充　　C. 充　　D. 充
　　 E. 充　　F. 充

P55

1. ⟨腦⟩；惱　2. ⟨概⟩；慨　3. ⟨括⟩；刮
4. ⟨慨⟩；概　5. ⟨惱⟩；腦　6. ⟨慨⟩；概
7. ⟨腦⟩；惱

P57

一 1. 木　　2. 衣　　3. 衣　　4. 木
二 1. 　；　2.
　　　篷　　　　　　　　券
　 3. ；　4.
　　　栽　　　　　　　　卷

P59

1. 羞　　2. 差　　3. 綱　　4. 網
5. 代　　6. 伐

P61

一 廚房；櫥窗；廚師；衣櫥
二 1. 亻　　2. 扌　　3. 亻　　4. 扌
　 5. 氵

P63

一 捨己救人；捨生忘死；依依不捨；窮追不捨

二

三 （答案僅供參考）
薯（紅薯）；暑（暑假）；署（公務署）；煮（煮飯）

P65

一 1. A. 練　B. 練　C. 煉　D. 練
　　E. 練　F. 煉　G. 煉　H. 練
　　I. 煉
　2. A. 治　B. 冶　C. 治　D. 治
　　E. 治　F. 冶

二 1. 老練　2. 訓練　3. 鍛煉　4. 治水
　5. 冶金

P67

1.
爸爸：
　今天學校發起了（捐）款活動，我想給受災的小朋友也（捐）獻一份愛心，我能把我的零花錢五十元（捐）給他們嗎？
家樺
5月6日　　（捐）

2.
小明：
　我向你道（歉），昨天我不該錯怪你，令你難過。希望你能原諒我，好嗎？
家樺
6月8日　　（歉）

3.
志文：
　爺爺去公園鍛（煉）身體，七點半回來。早餐放在桌上，你起牀後和爸爸一起吃吧。
爺爺
5月3日　　（煉）

P69

1. 陪　　2. 倍　　3. 例
4. 列　　5. 例；列　6. 遵
7. 尊　　8. 倍

P71

一 1. ⺈，迎；亻，仰；扌，抑；日，昂
　2. 言，誨；亻，悔；忄，悔；木，梅

二 1. 釣　2. 鈎　3. 釣　4. 鈎
　5. 釣

P73

一 1. 即　　2. 即　　3. 既　　4. 既

二 1. 采　　2. 采　　3. 彩　　4. 彩
　5. 彩　　6. 采　　7. 采

P75

1.

擊

2.

薄

3.
練習簿
簿

4.

拇

5.

：姆

P77

一

熊	熊	大	火
姿	掬	神	態
態	可	熊	掌
憨	態	狀	態

二
　　　＋（　）＝（館）　餐館
官＋（⺮）＝（管）　管理
　　　＋（⺿）＝（菅）草菅人命

　　　＋（扌）＝（挺）　挺直
廷＋（广）＝（庭）　家庭
　　　＋（虫）＝（蜓）　蜻蜓

P79

1. 辨；辨；辯；辦；辦
2. 紀；紀；記；紀；紀；記

P81

一 1. 詳　　2. 詳　　3. 祥　　4. 祥
　5. 祥　　6. 詳

二 1. 峽　　2. 峽　　3. 峽　　4. 狹
　5. 峽　　6. 峽　　7. 狹　　8. 遺

P83

一 1. A. 臉　B. 檢　C. 儉　D. 撿
　2. A. 遍　B. 篇　C. 編　D. 偏

二 1. 檢查　　2. 撿拾　　3. 偏心
　 4. 遍地　　5. 節儉

P85

一 燥；躁，噪，操，澡
二 1. 優　　2. 憂　　3. 憂

P87

一 1. 佛；畫，雕，人
　 2. 印，現，氣，形
二 1. 　2.

P89

　 1. 漫　　2. 慢　　3. 穫　　4. 獲
　 5. 緣　　6. 綠

P91

一 A. 陪　 B. 培　 C. 賠　 D. 培
　 E. 培　 F. 陪　 G. 賠　 H. 賠
二 1. 銷售員　　2. 消費　　3. 嘗試
　 4. 打消　　5. 賞識　　6. 銷售

P93

一 1. 伸　 2. 申　　3. 泛　 4. 乏
　 5. 乏　 6. 乏　　7. 厲　 8. 勵
二 1. 勵；厲　　　2. 乏；乏；泛
　 3. 申；伸

P95

一 1. 豪爽　　2. 絲毫　　3. 警惕
　 4. 驚奇　　5. 時鐘
二 1 鐘　　2. 毫　　3. 豪
　 4. 警；驚　 5. 警；驚

P97

一 1. 歡聚一堂　　　2. 鼓掌歡呼
　 3. 悲歡離合　　　4. 抵禦寒冷
　 5. 聚精會神
二 1. 下半場，我們隊加強了防(禦)，不讓對
　　手有機會進(功)。　　(禦)(攻)
　 2. 正在緊張的時(侯)，家文(戴)球攻入了球
　　門。　　　　　　　　(候)(帶)
　 3. 球迷們(聚)在體育場，大聲為球隊加油
　　助(微)。　　　　　　(聚)(威)

　 4. 比賽結束，人們(歡)乎起來，走出賽
　　場。　　　　　　　　(歡)(呼)

P99

　 1. A. 刀；初　　　　B. 由；袖
　　 C. 皮；被　　　　D. 親；襯
　 2. A. 兄；祝　　　　B. 見；視
　　 C. 咼；禍　　　　D. 且；祖

P101

　 1. A. 而　 B.　　 C.　　 D.
　　 E.　　 F.　　 G.　　 H. 而
　　 I.
　 2. A.　　 B. 攴　 C. 支　 D. 攴
　　 E. 支　 F.
　 3. A. 斖　 B. 斖　 C. 斖　 D. 斖
　　 E. 斖　 H. 斖

P103

一 （答案僅供參考）
　 1. 滔；波滔　　蹈；舞蹈
　 2. 陷；陷阱　　餡；肉餡　　焰；火焰
二 1. 錄取（錄）　　2. 愛慕（慕）
　 3. 恭喜（恭）　　4. 黎明（黎）
　 5. 感染（染）　　6. 講究（究）
　 7. 執着（執）　　8. 熱鬧（熱）

P105

（答案僅供參考）
　 1. A. 庭院　 B. 客廳　 C. 倉庫　 D. 走廊
　 2. A. 瘦弱　 B. 治療　 C. 疲勞　 D. 痛苦

P107

　 1. 己　　　2. 弓　　　3. 氵
　 4. 金　　　5. 攴　　　6.

P109

一 1. A. 逐　 B. 家　 C. 豚　 D. 啄
　 2. A. 彩　 B. 番　 C. 悉　 D. 綵
　 3. A. 肺　 B. 鬧　 C. 柿　 D. 沛
二 1. 充沛　 2. 熟悉　 3. 五彩　 4. 啄食

P111

（答案僅供參考）
　 1. A. 投籃　 B. 段落　 C. 假設　 D. 沒有
　 2. A. 拳擊　 B. 真摯　 C. 掌握　 D. 拿手

P113

一 （答案僅供參考）
　　1. 刺激；速度；策略
　　2. 兒子；肥皂；舅媽
　　3. 闖禍；熱鬧；新聞

二 1. 束　　2. 束　　3. 束　　4. 鬥
　　5. 束　　6. 束；束　　　7. 鬥

綜合練習一

一 1. A.煉　　B.練　　C.煉
　　2. A.代　　B.帶　　C.代
　　3. A.廂　　B.箱　　C.箱
　　4. A.響　　B.嚮　　C.嚮
　　5. A.筒　　B.桶　　C.筒
　　6. A.檔　　B.擋　　C.檔

二 1. 致　　2. 庭　　3. 辰　　4. 驚
　　5. 形　　6. 度

三 1. 搖；遙　　2. 鐘；鐘　　煩；繁
　　3. 境；景　　4. 尊；遵　　5. 代；伐

四 1. 度　　2. 捨　　3. 原　　4. 返
　　5. 漫　　6. 矛　　7. 鳴　　8. 例
　　9. 末　　　　10.獲

五 1. 流連忘返　　　2. 莫名其妙
　　3. 張燈結綵　　　4. 不計其數
　　5. 一鼓作氣　　　6. 振翅高飛

六 1. 卷；券　　2. 署；暑　　3. 栽；裁
　　4. 捐；損　　5. 菅；管　　6. 櫥；廚

綜合練習二

一
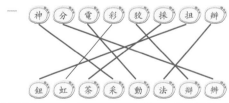

二 1. 燥　　2. 躁　　3. 撒　　4. 撤
　　5. 擠　　6. 濟　　7. 臘　　8. 蠟

三 1. 改　　2. 博　　3. 狐；狐
　　4. 印　　5. 射　　6. 歡　　7. 辨
　　8. 隨　　9. 紀；記

四 1. 毛　　2. 刀　　3. 女　　4. 忄
　　5. 尸

五 1. 媽媽告訴我要刻制自己的脾汽，不要
　　　經常發火。　　　　　　　克；氣
　　2. 爸爸在汽車上按裝了道航儀，出門就

不擔心會迷路了。　　　　　　安；導
　3. 我把試卷撿查了好幾徧，才交給老師。
　　　　　　　　　　　　　　檢；遍
　4. 春雨密密斜斜地下着，尤如籠罩了一
　　　層薄霧。　　　　　　　　猶；薄
　5. 他做出這種違背道意的事情，真是出
　　　乎義料。　　　　　　　　義；意

六

今年暑假爸爸媽媽帶我去北京旅遊。第一天我們去參觀了故宮博物館。這座宮殿是古代帝王居住的，特別宏偉壯觀。我們在裏面遊玩了一天但還是意猶未盡。第二天我們去了頤和園。夏天園內的荷花和金魚最吸引人，我們買了些魚飼料餵這些金魚，看着牠們自由自在的樣子，真讓人羨慕。第三天我們去了八達嶺長城。長城建築的最初目的是為了抵禦敵人的侵犯。俗話說「不到長城非好漢」，我決定要獨立攀登到最高點，爸爸媽媽一直在旁邊鼓勵我。雖然很累，但是我還是做到了。第四天上午我們去商場購物，買了很多特產，準備當作禮物送給親戚朋友。下午我們就坐飛機回到香港。這真是一個難忘的暑假。

殿；盡；飼；慕；初；禦；攀；鼓；準；
禮

筆劃索引

音近錯別字

形近錯別字

部件易錯字

綜合練習

答案

筆畫索引

學好中文

不寫錯別字

小學中年級篇

主編

思言

編著

礪墨

編輯

喬健

版式設計

曾熙哲

排版

明暉

畫圖

張楠

出版者

萬里機構・萬里書店

香港鰂魚涌英皇道1065號東達中心1305室

電話：2564 7511

傳真：2565 5539

電郵：info@wanlibk.com

網址：http://www.wanlibk.com

http://www.facebook.com/wanlibk

發行者

香港聯合書刊物流有限公司

香港新界大埔汀麗路 36 號

中華商務印刷大廈 3 字樓

電話：2150 2100

傳真：2407 3062

電郵：info@suplogistics.com.hk

承印者

百樂門印刷有限公司

出版日期

二零一六年十二月第一次印刷